# 台灣作家全集

## 2 珍貴的圖片

台灣文學作家的精彩寫眞，首次全面展現，讓我們不但欣賞小說，也可以一睹作家眞跡。

## 1 豐富的內容

涵蓋1920年到1990年代的台灣重要文學作家的短篇小說以作家個人爲單位，一人以一冊爲原則。

縫合戰前與戰後的歷史斷層，有系統地呈現台灣文學的風貌。

U0098054

榮譽出版發行／
前衛出版社

# 楊青矗集

台灣作家全集

短篇小說卷

# 台灣作家全集

## 短篇小說卷

作品〈在室女〉，改拍電影，跟潘榮禮與導演邱銘城及女主角傅娟等演員合影。左二爲作者。

出生於農村，楊靑矗也寫過不少農村作品。

一九六二年三月十四日入伍。
當兵前與母親遊南鯤鯓廟。

楊青矗全家福

一九七八年競選工人團體立法委員。在幕款餐會上演講，該次選舉因台美斷交而中斷。

一九八九年在台北縣競選立法委員。

一九八五年應邀至愛荷華大學「國際作家計畫」研究，在該計畫發表論文。

一九八四年應美國台灣文學研究會之邀，赴美巡迴演講。攝於紐約摩天大樓上。

楊青矗手跡

「國台雙語辭典」編後記　楊青矗

「國台雙語辭典」從開始編撰，到完稿可照相製版上印刷機，前後五年半，這段期間我個人除了參與少要的活動，及七十八年底在台北縣競選立委停下半年之外，多數的時間完全是閉關自守，每天凌晨三、四點才上床睡覺，八點起床，中午睡半個小時，晚飯後睡一個小時，實行三「眠」主義，一天睡三次的散夜短睡法來支撐，睡醒一次便可工作四至八個小時；一天工作十六小時以上；整星期幾乎沒有踏出門檻一步，是常事。除了四、五個幫忙的經常

# 出版説明

《臺灣作家全集》是臺灣新文學運動以來最有意義的選輯，也是臺灣文學出版上最具示範的創舉。全集係以短篇小說爲主體，以作家個人爲單位，涵蓋一九二〇年至九〇年代的重要作家，縫合戰前與戰後的歷史斷層，有系統地呈現了現代文學史上臺灣作家的精神面貌。

在內容上，包括日據時代，由張恆豪編輯；戰後第一代，由彭瑞金編選；戰後第二代，由林瑞明、陳萬益編選；戰後第三代，由施淑、高天生編選。全集計劃出版五十册，後每隔三年或五年，續有增編，一人以一册爲原則，戰前部分則因篇幅不足，有二人或三人合爲一集。

在體例上，每册前由召集人鍾肇政撰述總序（文長兩萬字，首册爲全文，其它則爲濃縮），精扼鈎畫出臺灣新文學發展的歷程、脈絡與精神；並由各集編選人執筆序言，簡要介紹作家生平及作品特色；正文之後，則附有研析性質的作家論，及作家生平寫作年表、小說評論引得，期能提供讀者參考。臺灣面臨歷史的轉捩點，瞻前顧往之際，本社誠摯希望能對臺灣文學的出版、推廣、教育及研究上有所貢獻。

## 台灣作家全集

短篇小說卷

# 緒言

鍾肇政

時代的巨輪轟然輾過了八十年代，迎來了嶄新的另一個年代——九十年代。發軔於二十年代的台灣文學，至此也在時代潮流的沖激下，進入了一個極可能不同於以往的文學年代。

然則這九十年代的台灣文學，究竟會是怎樣的一種文學？

在試圖回答這個問題之前，我們似乎更應該先問問：台灣文學又是怎樣一種文學？

曰：台灣文學是台灣本土的文學、台灣人的文學。

曰：台灣文學是世界文學的一支。

倘就歷史層面予以考察，則台灣文學是「後進」的文學：比諸先進國的文學，即使是近鄰如日本，她的萌芽時期亦屬瞠乎其後，比諸中國五四後之有新文學，亦略遲數年。

只因是後進的，故而自然而然承襲了先進的餘緒，歐美諸國文學的影響固毋論矣，即日本文學、中國文學等也給她帶來了諸多影響。易言之，先天上她就具備了多種特色集於一身，因而可能成爲人類文學裏新穎而富特色的一支——當然這種說法恐難免落入過分單純化機械化的發展論，未必完全接近實際情形。事實上，一種藝術的發芽與成長，土地本身的人文條件與夫時代社經政治等的變易更動，在在可能促進或阻礙她的發展。證諸七十年來台灣文學的成長過程，堪稱充滿血淚，一路在荊棘與險阻的路途上踽踽而行，備嘗艱辛。

職是之故，若就其內涵以言，台灣文學是血淚的文學，是民族掙扎的文學。四百年台灣史，是台灣居民被迫虐的歷史。隨著不同的統治者不同的統治，歷史上每一個不同階段雖然也都有過不同的社會樣相與居民的不同生活情形，而統治者之剝削欺凌則始終如一。七十年台灣文學發展軌跡，時間上雖然不算多麼長，展現出來的自然也不外是被迫虐被欺凌者的心靈呼喊之連續。

台灣文學創建伊始之際，我們看到台灣文學之父賴和以文學做爲抗爭手段之一的筆跡。他反抗日閥強權，他也向台灣人民的落伍、封建、愚昧宣戰。他身體力行，諸凡當時的抗日社團如文化協會、民衆黨和其後的新文協等，以及它們的種種活動，他幾乎是每役必與，並驅其如椽之筆發而爲〈一桿稱子〉、〈不如意的過年〉、〈善訟的人的故事〉等小說與〈覺悟下的犧牲〉、〈南國哀歌〉等詩篇，爲台灣文學開創了一片天空，樹立了不朽典範。

中期，我們又有幸目睹了台灣文學巨人吳濁流之出現。第二次世界大戰進入最慘烈階段之際，在日本憲警虎視眈眈下，吳氏冒死寫下《亞細亞的孤兒》，戰後更在外來政權戒嚴體制的獨裁統治下，他復以《無花果》、《台灣連翹》等長篇突破了統治者最大的禁忌。他不但爲台灣文學建構了巍峨高峰，還創辦《台灣文藝》雜誌，創設台灣第一個文學獎「吳濁流文學獎」，培養、獎掖後進，傾注了其後半生心血，成爲台灣文學的中流砥柱。

七十星霜的台灣文學史上，傑出作家爲數不少，尤其在時代的轉折點上，每見引領風騷的人物出現，各各留下可觀作品。此處暫不擬再列舉大名，但我們都知道，在統治者鐵蹄下，其中尚不乏以筆賈禍而身繫囹圄，備嘗鐵窗之苦者，甚或在二二八悲劇裏飲恨以終者。以所驅用的文學工具言，有台灣話文、白話文、日文、中文等等不一而足，蔚爲世界文壇上罕見奇觀，此殆亦爲台灣文學之一特色。日據時，曾有「外地文學」之稱，輓近亦有人以「邊疆文學」視之，唯她既立足本土，不論使用工具爲何，其爲台灣文學則無庸否定，且始終如一。

不錯，七十年來她的轉折多矣。其中還甚至有兩度陷入完全斷絕的眞空期，其一爲戰爭末期所謂「決戰下的台灣文學」乃至「皇民文學」的年代，以及戰後二二八之後迄國府遷台實施恐怖統治、必需俟「戰後第一代」作家掙扎著試圖以「中文」驅筆創作、接續斷層爲止的年代。一言以蔽之，台灣文學本身的步履一直都是顚躓的、蹣跚的。到了七十年代，鄉土之呼聲漸起，雖有鄉土文學論戰的壓抑，反倒造成台灣文學的欣欣向榮，入了八十年代，鄉土文學不僅成爲文壇主流，益以美麗島軍法大審之激盪，衝破文學禁忌成了不可遏止之勢，於是有覺醒後之政治文學大批出籠，使台灣文學的風貌又有了一變。

八十年代已矣。在年代與年代接續更替之際，正如若干年來每屆歲尾年始，報章上總會出現不少檢討與前瞻的論評文學，也一如往例悲觀與樂觀並陳，絕望與期許互見。有一明顯的跡象是嚴肅的台灣文學，讀者一直都極少極少，在八十年代末期的消費社會、資訊多元化社會以及功利主義社會裏，文學的商品化及大衆化傾向已是莫之能禦的趨勢，於是當市場裏正如某些論者所指摘，充斥著通俗文學、輕薄文學一類作品，純正的文學乃又一次陷入危殆裏。

然而我們也欣幸地看到，八十年代末尾的一九八九年裏民主潮流驟起，舉世爲之震動。繼六四天安門事件被血腥彈壓之後，卻有東歐的改革之風席捲諸多社會主義共產國家，連蘇聯竟也大地撼動，專制統治漸見趨於鬆動的跡象。（草此文之際，世人均看到蘇俄首任總統終告產生。）這該也是樂觀論者之所以樂觀之憑藉吧。

不錯，新的人類世界確已隨九十年代以俱來。即令不是樂觀者，不免也會睜大眼睛看著世局之演變並對它有所期待才是。而九十年代台灣文學，自然也已是呼之欲出！君不見繼八九年年尾大選、國民黨挫敗之後，台灣的民主又向前跨了一步，即令有第八任總統選舉的權力鬥爭以及國大代表之挾選票以自重、肆意敲詐勒索等醜劇相繼上演於國人眼睜睜的視野裏，但其爲獨大而專權了數十年之久的國民黨眞正改革前的垂死掙扎，彰彰在吾人耳目。

在九十年代台灣文學即將展現於二千萬國人眼前之際，《台灣作家全集》（以下稱「本全集」）的問世是有其重大意義的。過去我們已看到幾種類似的集體展示，計有《日據下台灣新文學》（明集，共五卷，明潭出版社，一九七九年三月）、《光復前台灣文學全集》（八卷，後再追加四卷，遠景出版社，一九七九年七月）、《本省籍作家作品選集》（十卷，文壇社，一九六五年十月）、《台灣省青年文學叢書》（十卷，幼獅書店，一九六五年十月）等四種。無獨有偶，前兩者均爲戰前台灣文學，後兩者則爲清一色戰後台灣作家作品。而其中，除最後一種爲個人結集之外，餘皆爲多人合集。值得一提的是後兩者出版時，白色恐怖仍在餘燼未熄之際，前兩者則是鄉土文學論戰戰火甫戢、鄉土文學普遍受到肯定之後，因此可以說各盡了其時代使命。

本全集可以說是集以上四種叢書之大成者。其一，是時間上貫穿台灣新文學發軔到晚近的全局；其二，是選有代表性作家，每家一卷，因而總數達數十卷之鉅，堪稱自有台灣新文學以來之創舉。是對血漬斑斑的台灣文學之路途上，披荆斬棘，蹣跚走過的前輩們，以及現今仍在孜孜矻矻舉其沉重步伐奮勇前進的當代作家們之獻禮，也是對關心本土文學發展的廣大海內外讀者們的最大禮物。

（註：本文爲《台灣作家全集》〈總序〉的緒言，全文請看《賴和集》和《別冊》。）

# 目錄

# 草地囝仔與都市人

## ——楊青矗集序

高天生

七〇年代的當紅作家大多擁有高學歷，如《現代文學》派以台大外文系前後期同學爲主，不少人還遠渡重洋到美國受文學教育，《文季》派的鄉土作家，教育程度也在專科以上，只有楊青矗是個異數，一九四〇年出生於台南縣七股鄉後港村的他，十一歲遷居高雄大都會，父親是國營工廠救火員，一九六八年清明節在一項救火行動中殉職，年少失怙的楊青矗，初、高中學業都是在白天作工，夜晚苦讀下完成。

楊青矗曾搞過出版，開過西服店、女裝店，做過毛襯加工，在工廠幹過十幾年的事務管理，也曾在一家洋裁補習班擔任過三年夜間老師，是個「雙脚踩數隻船的人」，生活經驗非常豐富而多姿，他的文學教育是自修得來，寫作則是「從民間吸收養分」，作品是「民間的生活、思想和他們對人間煙火的欲求加上他的『本性』寫成的」。

楊青矗的小說和創作風格皆迥異於七〇年代的當紅作家，但正也是「不以知識分子高高在上的地位來俗視小人物，能以平視的眼光來寫小人物與他們的悲苦」，使楊青矗的小說在樸實、簡陋的文字之外，自然流露出其他作家所缺乏的動人眞情。

楊青矗自述個人的創作動力在於爲某一羣人代言的使命感，他說：

「這是一個變遷的時代，我從『草地囝仔』變成都市人，二十多年來，時時看到鄉村的衰微，都市的垃圾地變高樓，市郊的農地變黃金、建工廠；年輕人一窩蜂往都市跑，鄉村僅剩那些『沒出息』的老頭，拖著老命，荷鋤耕種，種糧給年輕人吃、給都市人吃。都市人肥得不知道怎麼減肥，他們卻瘦得不知怎麼增胖。我每次回鄉，看到那些荷鋤的阿伯阿嬸，五十出頭臉皮就皺得可以挾死蒼蠅，我會覺得每餐所喝的是他們的血汗，吃的是他們的骨肉；有一種使命感要我寫下這些，爲類似的這一羣人說話。」

從草地囝仔蛻變爲都市人的楊青矗，仍保有草地淳樸的本性，他沒有受過文學專業教育，部分作品在某些人的眼中看來，也未達「文學專業」的水準，但在研究台灣的外國專家看來，楊青矗的生活「很容易被認爲是台灣生活的典型」，他的作品反映出他個人的現代化和台灣的現代化。

一九七〇年代末期，楊青矗不但致力於有關工廠工人的小說創作，也投身參與社會、政治活動，企圖喚醒更多人加入改革行列，因而涉及一九七九年底的高雄美麗島事件繫獄數年，迄一九八四年出獄，他仍未忘情政治活動，曾參與中央公職選舉，但坐牢也有收穫，他在獄中撰寫完成長篇〈心標〉、〈連雲夢〉等以經濟發展爲背景的小說，出獄後也一度撰寫電影劇本，參與餐飲業、出版業等經營，不改雙脚踩數條船的特色。

本集收錄作品以楊青矗早期作品爲主，楊青矗出獄後創作的長篇小說和〈覆李昂的情書〉諸篇，固然也曾膾炙人口備受注意，但限於格局只好割愛，其中〈低等人〉、〈龜爬壁與水崩山〉、〈陞遷道上〉諸篇是楊青矗揚名國際系列描寫工廠工人的代表性作品，〈在室男〉曾改編拍成電影，是楊青矗描寫社會變遷對人心衝擊的傑作，〈寡婦〉、〈兒子的家〉、〈綠園的黃昏〉、〈切指記〉諸篇也是同類型作品，讀者參照閱讀，不難窺見楊青矗文學世界的端倪。

# 在室男

綺美時裝店的老闆娘坐在櫃台上，手托著下顎打瞌睡。店後工作場顯出匆忙的縫衣機和來去不停的燙斗聲。

「喂！我的衫仔做好了沒有？」

一串銀鈴響使老闆娘惺惺地張開眼睛，眼前出現一身醒目的翠藍的身影。

「唔，是大目仔，要找有渦的，就說來找有酒渦的。何必假裝問衫仔做好了沒有！」

大目仔眼睛溢出一絲水汪汪的笑，聳一聳肩扮個鬼臉，小聲問：「有酒渦的在不在？」

「在。」老闆娘向工作場噘噘嘴。

輕盈一轉，翠藍的斜裙漾起波紋的旋律，盪進工作場。

工作場顯得很零亂。壁上吊滿各色各樣做好的衣衫，滿地的布屑。縫衣機靠牆放成一列，做台上吊著交錯的燙斗線和縫線。做台前立著一尊試樣用的，只著三角褲的裸體模特兒，塑膠做的，肌膚呈粉黃帶微紅的光澤。長髮披肩，水晶眼睛像活的一樣，兩個乳子高高地死挺著。

「請坐，請坐，大目小姐。」

「請坐大目仔。」

除了有酒渦的男孩，一聽到大目仔的聲音，臉孔浮起紅暈繼續工作外，其他的師匠起了一陣擾動。她每次來都給默默工作的師匠們帶來了活氣。

「大目仔，妳每天下午都要來看看有酒渦的。明天我要把門鎖上不要妳進來。」獅子鼻的師傅，手挪動燙斗燙衣衫，對著大目仔說。扁寬的鼻一抖一抖顫動了十幾下，他顫抖鼻頭的工夫是絕對的天才。馬戲團裏帶花面具點白鼻頭的小丑就沒有他這種抖動鼻頭令人發笑的工夫。

「嗳唷！你莫知樣，我一日無來看我的有酒渦的，就會病相思。」

大目仔雙乳一曲，撐在做台上托住兩腮。眼睛乜斜著有酒渦的男孩，嬌嗔嗔地笑著。有酒渦的男孩瞪她一眼，上唇抿著下唇牽動一絲禁不住的笑，紅紅的兩頰舒展兩朵醉人的酒渦。

「好美！你看，你看。」大目仔指著他的酒渦：「紅顏美少年，很女孩；眉毛細細彎彎的，鼻子直得很秀氣，小嘴只有我的眼睛大，嘴唇的線條眞想把他吻一下。」

「呃咳！呃咳！」闊嘴的師傅打著乾咳，雙手揉著胸口：「無伊——我會死！」

「真的無伊我會死。」大目仔伸長脖子睨著有酒渦的男孩：「你女性化的嫩臉應該和我交換，就不會那麼怕見笑了。」

有酒渦的男孩咧一咧禁不住的笑，一針一針默默地縫。

「妳要跟他交換很簡單：嘴抵嘴，舌頭勾住舌頭。我喊一—二—三—變——」闊嘴雙手交叉一揮：「就變過去了。」

大目仔噘起唇準備給有酒渦的男孩一吻的姿態：「要不要？有酒渦的。」

有酒渦的男孩窘得想鑽進地裏。低著頭挪動燙斗不理她。

「他還沒親過女人，妳別想搶人家的初吻。」獅子鼻說。

「真的還沒有親過女人？我讓你親一親好不好？」

大目仔挪到有酒渦的男孩的身邊；他避開兩步，她移進兩步；有酒渦的男孩一急，閃過去躲在塑膠模特兒的左邊去工作。大目仔站在右邊，出其不意，拉起他的右手向模特兒赤裸的高聳的乳子摸了一把。

「喔——」她兩手一拍，跳起身子嚷：「偷摸乳，偷摸乳！」

哈！哈！哈！工作場炸起翻騰的大笑；闊嘴捂住肚皮笑彎了腰，獅子鼻拿起手帕擦眼淚。

「少三八一些好不好？」有酒渦的男孩臉頰像喝醉了酒，又紅又熱。

「瘋子！少瘋一些好不好？」在屋角踏縫衣機一直不答腔的女孩抬頭喝起大目仔。

「媛媛在吃醋了。」大目仔指著女孩大笑：「媛媛將來我做大妻，妳做小姨，我們都不要爭風吃醋，我一個月讓妳二十晚，我十晚就好了，夠慷慨了吧？」

媛媛從額頭到脖子羞成一塊紅布，黑眸一翻，瞪成白玻璃珠子。回頭繼續踏動縫衣機。

「說眞的，你還沒親過女人，如果喜歡，我可以讓你親一親，怎麼親都可以。」大目仔扮鬼臉，向有酒渦的男孩說。

「要親帶上樓上親，有彈簧床，不夠高還可以墊枕頭，不要在這裏妨害風化。」獅子鼻搶著說。

「他是童子功還沒破的在室男。」闊嘴認眞地說：「照例——妳們煙花女遇到在室男要包紅包的；紅包要包多少先講好。」

「他是在室男，我是在室女，包什麼紅包？」

「妳早就爛糊糊了，連肚臍說不一定都被破功了，還敢說是在室女，沒見笑！」

大目仔杏眼一睜，兩個圓滾滾的大眼像兩盞乍亮的紅燈。抓起碼尺猛抽闊嘴的肩膀：

「幹你娘底闊嘴的，這裏的人雖然是酒家女，卻並不像你說的那麼爛。你不那麼愛說爛話，嘴巴哪會像西子灣那麼闊，一開口嘴角裂到耳根下。」

「我的嘴闊，妳的嘴就不闊？闊嘴查埔吃西方，有什麼不好！」

「我的嘴闊，闊得帥。不像你的嘴闊得裂海海沒有收拾。」大目仔仰頭照照壁上的鏡子，得意地打量她的些微大一點而輪廓很美的嘴型：「闊嘴查某吃嫁妝，有什麼不好？」

「吃個屁！闊嘴查某守空房。」

「守什麼空房？夜夜攬過幾個男人爽歪歪，歪歪爽。」獅子鼻兩手做擁抱狀，身子左一彎，右一彎。鼻頭誇耀他特有的天才：抖抖抖抖，抖個不停。

啪！碼尺抽在獅子鼻的腰間：「你娘底娘咧！這裏的人只陪酒，從來不賺客人的，你說話客氣一點。你的鼻頭夠扁了，再說就把鼻尖打塌下去，跟人中黏在一起。」

「妳爸底爸咧！一天賺不到十個，肚臍還是在室女。」

「有酒渦的，我們親一親好不好？」大目仔撒嬌地繞過模特兒，走到有酒渦的身邊；有酒渦的男孩鑽過做台下躲到模特兒的右邊來。

「我的後脚筋都軟了。」獅子鼻軟下身子坐在椅子上。

「人家是乾乾淨淨的在室男，爬過妳這個垃圾貨，會患煞中下馬風死在妳的肚子上的。」闊嘴的嘴角眞的裂到耳根下，說一句退一步退到門邊：「妳要親他，先用雞蛋清洗白了，再焚淨香把身子淨一淨；紅包大包大包準備好。然後再來……嘿嘿——親！親！

親。」

哈哈哈！爆出一陣雷響的急笑。一向不笑的媛媛也捂著嘴文文地笑。

大目仔一抓起碼尺，闊嘴已闖出門外。

「你娘底娘咧！你闊嘴的要給我墊脚，我都嫌你像一隻瘦皮猴，嘴巴闊獅獅。」

「妳爸底爸咧！妳要給我做下被，我都嫌妳大目猴三三八八的。」闊嘴躲在門外風涼，不敢進來。

「瘋夠沒有？」媛媛從縫衣機那裏站起來，手中藍色暗直條花紋的長褲丟到大目仔的面前：「妳的褲子好了，穿穿看。」

大目仔接過長褲，拉好試穿布簾，鑽進去試穿。闊嘴偷偷走進來。

布簾一動，大目仔鑽了出來。一手按住褲腰，一手拉拉鍊；旋轉身子照鏡子。褲子平平貼貼裹住她纖細的腰，渾圓的臀，修長的腿。

「褲頭做這麼緊，拉鍊都拉不上來。」她縮緊肚皮用力拉上拉鍊：「脫上脫下很不方便。」

「忘記妳一天到晚都忙著脫褲子，脫上脫下脫個不停的。」

大目仔倏地抓起碼尺用力向獅子鼻的鼻頭削下去。獅子鼻一頓，一手捂住鼻孔，一手搶下碼尺。大目仔躲到有酒渦的男孩脚後蹲下。

獅子鼻的鼻孔裏流出兩管紅血，他仰起頭拍拍額角。闊嘴拿布屑把他的鼻孔塞住：

「妳娘底娘咧！眞賤！」

獅子鼻拿碼尺繞過來要打大目仔，大目仔鑽過做台下衝出後門。砰！隨手從外面拉上門，在門外哈哈大笑。

「喂！獅子鼻，講眞的，明天你們公休，明晚把有酒渦的『請』到我那裏來，我叫一桌菜請客——有酒渦的，拜拜——」大目仔踮起脚跟，從玻璃窗望進來，手指抵在唇上向有酒渦的男孩一個飛吻，跑掉了。

「三八查某，褲子還沒有縫邊穿跑了。裙子丟在這裏！」媛媛走過來把大目仔的裙子撿起來吊在牆上。

有酒渦的男孩目送大目仔的倩影在窗口消失，心中像失掉什麼。他討厭她那種無遮無攔的窮聊；兩個師匠不堪入耳的粗話。但有時她幾天沒來又渴盼她來。儘管她一來那種半嘲弄，半嬌嗔，半假半眞：「我的有酒渦的……」一大堆大膽肉麻帶溫情的調侃，夠使人心跳臉紅，想鑽進地下躲起來。但那嘲弄的溫情，窘中帶蜜。他知道大目仔是愛他的。他是一個從鄉下來做學徒的，不知道哪一點被大目仔看中，他想不通。

兩個多月前的一個夜晚，有酒渦的男孩患了急性盲腸炎住院開刀。他繳不起保證金，老闆適逢幾張支票到期，錢都納了支票。闊嘴打電話給大目仔，她隨時丟下客人拿兩千元到醫院來，一千保證金，一千留在他身邊做急需時用。開刀時她急得淚汪汪，兩次開門要衝進手術室，被護士趕出來。那夜她跟店裏的人在醫院陪他到天亮。

「不要通知我家的人，我家窮，我爸媽一接到我住院開刀的消息，一定會急死了。」淚水在他的臉頰滾動，聲音弱如游絲：「希望老闆借我醫藥費，我再一年就出師了，出師後賺還他。」

「別擔心，我可以給你付醫藥費。」她拿手帕擦他的淚，圓滾滾的大眼洋溢著慈祥的光輝，深深鐫刻在他的心板上。

遷出恢復室時，大目仔把他搬入一等病房的個人室。

「我要住三等病房，我繳不起住院費。」

「一切看我的，三等病房人多太雜，我要你住舒服一點，快一點好起來。」

白天大目仔都陪著他，下午五點後由店裏的人來輪班，她上酒家出勤。早晨曙光射進病房的窗口時，她像一隻百靈鳥旋進病房來，圓滾滾的大眼投他一眼脈脈的微笑；然後一匙一匙餵他吃稀飯，爲他洗換下的衣衫。能起床了，她還搶著要餵他吃飯。

「我以前也學過洋裁，我嫌苦，學了半年就不學了。將來我們開一家時裝店，我可以幫助你，我喜歡爲你吃苦。」

「我才十八，再過一年才出師，妳大我三歲……」

「有什麼關係？妻大姐勝過坐金交椅。我等你出師。」湯匙咬在口中，她的頭伏在他的胸口。抬起頭時，圓滾滾的大眼閃著淚花，一種渴求他回答什麼的神情脈脈地注視著他。

不知如何回答她，不由自主地點點頭。

第一次，她因等衣服踏入工作場，站在做台邊，圓滾滾的大眼不時瞟向他，使他心跳臉熱，不敢抬起頭來。

「他美得像女孩，笑起來兩個酒渦眞醉人！」當著衆人羨慕地瞅著他說。之後她等衣服也來，不等衣服也來，不知道大家的名字，藉外型的特徵取外號；「有酒渦的」、「闊嘴」、「獅子鼻」；她的眼睛圓滾滾特別大，店裏的人管她叫「大目仔」。他一向討厭人盡可夫的煙花女；這一次開刀，她慈愛的溫情及整個的人都溶化進他的生命裏。

醫藥費、住院費、零用等等共花去二千二百元。都由大目仔付出。老闆給他四百元他要拿出來付醫藥費，大目仔堅持要他留在身邊做零用。

公休日休息了一天，晚飯後，闊嘴和獅子鼻催有酒渦的男孩要到大目仔的住處去，有酒渦的趦趄不去。

「她已經愛你愛到入骨了。她有的是錢，把她帶去環島旅行一趟，利用機會揩她幾萬元。」獅子鼻硬要把他拉去。

令。

「沒有卵鳥的半南洋。不去我就揍你。」闊嘴用隔肢窩一夾，屬於師傅對徒弟的命令。

在一夾一拉下，有酒渦的的蹭蹬心跳的脚步被擄走了。

經五福四路轉大勇路，過愛河橋。大目仔的住處租在河東一條巷子裏的二樓上。一聽到上樓的脚步聲，大目仔奔出房間，站在樓梯口笑吟吟迎接他們。

「唔！有酒渦的，難得白馬王子大駕光臨。」

「妳娘底娘咧！硬把他擄來，看妳打什麼算？」獅子鼻說。

「我請客，我請客。」

大目仔請獅子鼻和闊嘴在房間裏坐，牽著有酒渦的手跟在後面。

這是一間佈置很別緻的小房間。席夢思床鋪粉紅色的毛絨落地床單。間隔的木板漆成水青色；上頭鐫刻花鳥，壁上有規律地斜貼著幾張從月曆上剪下來的裸體藝術照和風景片。床頭上吊一個長方型梳妝鏡。靠窗口處放置兩張小巧的籐靠椅和深銅色的茶几。

闊嘴和獅子鼻坐在椅子上，有酒渦的男孩被大目仔拉上床沿坐在一起，他靦腆低著頭聽他們聊。偶而偷偷看一眼大目仔。她沒施脂粉，臉蛋帶一點油質的嫩白，是長期施用高級面霜累積的成果。圓滾滾的大眼黑白分明，泛出興奮的神釆，鼻樑直得有點削，稍微看得出是經過人工整型的。離不開微笑的嘴角微微向上仰。

「走了，該去請客了。」

「走吧！」

大目仔從壁櫥裏拿出手提包。四個人下樓走到巷口時，她打開手提包掏出兩張百元鈔票給闊嘴：「你們自己去吃，我帶他去看電影。」

獅子鼻神秘地顫抖著鼻尖拉住闊嘴說：「可以，我們向南走，他們向北走。」有酒渦的男孩尷尬地笑了笑，看了一眼大目仔，要跟闊嘴他們一道走，大目仔拉著他低聲說：「我們到河邊散步。」

河堤上，一整列的日光燈映著粼粼的河水搖晃，黑黝黝的樹林下有露水的氤氳。大目仔挽著有酒渦的，沿彎彎曲曲的樹徑走。幽徑兩旁半人高的灌木叢修剪的很整齊。大目仔拉近有酒渦的緊靠著他；一陣涼風吹來林間細語；有酒渦的全身哆嗦，軟了脚跟走不動。

「你怎麼了？」她問。

「我……我……會冷！」

「中秋還沒到會冷？」

「……」他說不出話來，牙齒磨得咕咕響，腸胃也在哆嗦了。

「你是不是第一次跟女孩走在一起？」

「哼。」

「哈哈，我知道了，你就是這樣不夠男子氣概，跟女孩子走在一起也發抖。」她摟住他。「不要怕，我不會把你吃掉。」

她拉他坐在樹下的石頭上：「你手術後臉色很差，吃過補沒有？」

「老闆娘燉過一隻雞給我吃。」

「只吃過一隻雞？」

「哼——我討厭妳常常去店裏窮聊，讓闊嘴他們說爛話吃豆腐；最討厭妳常在店裏的人面前嘲弄我尋開心；最最討厭的是當他們的面前愛得那麼坦白。」

「愛也不是做小偷要偷偷摸摸的。還有沒有再討厭的？」

「再討厭的是妳對我那麼好！」

「對你好也討厭？」她握著他的手笑彎了腰。

「有什麼好笑的？」

「你不了解我，白天不出勤，一個人很苦悶；我也不像其他的酒女靠賭博過日子；到你店去聊，可以看看你，也能解悶。」停一停她又說：「你答應我一件事，我就不再到你店裏去聊了；偷偷摸摸地愛你，不再那麼坦白了。」

「什麼事？」

「白天偶而抽空來找我玩。讓我看看你，跟我出去走一走。每夜我下班時，到路口等我，我請你吃宵夜，吃當歸鴨或羊肉補身子。」

「我讓妳破費，總覺得過意不去。我還欠妳二千二百塊醫藥費，我出師後一定賺還妳。」

「你都把我看成外人！」她生氣了，別過頭把他推開。

「只要妳不再去店裏去，我就答應妳。但白天要工作的，抽不出空。」

步出河堤的樹林，穿過黑漆漆的體育場。大目仔帶有酒渦的去趕最後一場電影。在電影院的黑室中，她握住他的手放在腿上，頭靠在他的肩上，不一會呼呼睡著了。銀幕上不停地晃出人影景物，一幕一幕，演些什麼都打不進他的腦際，全神被靠在肩上甜睡的她吸去。劇終鈴響時才醒過來。燈光一亮，她拉他站起來，勾住他的頸子伸懶腰。

「靠在你的肩上眞舒服，不覺睏了。」她報以滿足的微笑：「下個月的公休日，來我家，我燉一隻雞給你補。」

有酒渦的點點頭。

「走，我請你吃宵夜。」

「不要。再見了！」

有酒渦的揮揮手，從戲院的旁門溜出去。

如大目仔所約，每到深夜十二點半，有酒渦的到她下班的路口等她。在她微醉下拉他去吃羊肉、當歸鴨，或水果。她已被客人灌飽了酒，吃不下；對坐著欣賞他羞怯的吃相；圓滾滾的大眼瑩瑩醉人，彷彿會滴下亮麗的水珠子。

十幾天過後，有酒渦的沒再去等大目仔。約定燉雞給他吃的公休日他也沒有去。翌日，深夜下班後，大目仔醉醺醺地搖向綺美時裝店。整列的店都關門了，她敲門。

裏面媛媛在工作場教導有酒渦的大衣的做法。有酒渦的聽到大目仔叫門，向媛媛示意了一下，溜向後門出去。

開門的是媛媛。

「有酒渦的在嗎？」

「他出去了。」

「快回來了吧？」

「不知影。」

大目仔站了半晌，吁了一口氣，搖搖晃晃地盪回去。

過後第三夜，有酒渦的吃過晚飯從住家出來，拐過後門外的巷子時，突然看到大目仔攔在前面，他返身要溜，被大目仔叫住。

「有酒渦的！等著。」喚聲含恨，追過來抓住他：「你爲什麼逃避我？」

「沒有，這幾天工作比較忙。」

「陪我出去走走。好幾天看不到你，心神都不寧靜。我丟下客人特地來攔你。」

不管他同意不同意，拉著就走。

進入那家常來的羊肉店，她叫了兩碟炒羊肉。

「我哪裏得罪了你，你逃避我。」

「問你。你自己知道。」

「你打我罵我都可以，不要這樣對待我。」

「那天中午老闆給我一張招待券，我在電影院看到妳跟一個男人坐在一起，有說有笑的。散場時妳看到我，別過頭裝沒看到。那個男人把妳拖進計程車。」

「我不是不理你，我不願意給你看到我陪客人看電影。」大目仔的睫毛尾凝聚兩滴晶瑩的淚珠子：「原諒我，那是我的職業。我賭咒以後不再陪客人外出。好嗎？」

有酒渦的心軟了，以一種憐惜寬恕的眼神望著她。

大目仔夾一塊羊肉塞進他的嘴。手托著腮幫看他咬動而一展一合的酒渦。

有酒渦的抿著唇嚼，看她那種閃著淚水的癡態，忽然禁不住的笑了，酒渦陷得深深的。

「哼！」她從鼻口哼出一聲嬌嗔，嘴唇噘得高高的。

吃下幾口羊肉，喉頭噎留絲絲的羶腥味。耳鼓響起闊嘴和獅子鼻的話——

「有酒渦的，你爸底爸咧！你七少年八少年的，就讓查某養金魚；做烏龜吃軟飯。夜夜有吃的。」闊嘴嘲笑著他說。

「有酒渦的，我教你：煙花查某一旦愛上你心肝都可以挖出來給你。找機會拐她幾萬元；她們習慣拐千千萬萬的客人來倒貼一個小白臉。你不拐別人拐；煙花女終不免拐人又被別人拐，到末了青春褪了，淪到戲院後面的私娼寮去撿一個十塊錢的阿撒不路客。專門吃軟飯的竹雞仔就有辦法使查某養他。你也學學這一套，裁縫免學了。大目仔有的是錢。」獅子鼻扯抖著鼻頭嘿嘿笑。

「你爸底爸咧有酒渦的。七少年八少年一走這個路，將來生囝無尻倉，子孫沒有好尾的。人家賺錢也不簡單；不是受糟蹋就是被攪著這裏消磨，那裏消磨。」

有酒窩的瞟瞟大目仔；眉毛畫得好濃好黑，眼眶塗一圈妖妖的墨綠，臉靨到脖子下蓋一層油質的面霜，失去原有嫩白的肌色，嘴唇汎著黃煙脂的光澤，塗成上下掀的黑人唇。原有菱型的線條盡失。胸部裝得鼓鼓的，比原來誇張三分之一。緊身的淡紅閃光旗袍，金碧輝煌，處處裏貼著凸凹的身子，令人有一種透不出氣的窒息感。一切都失去她原有輕鬆的自然美。他曾看過幾次她在酒家上班時的濃裝，現在對她的濃裝覺得噁心。

這是她的本錢，闊嘴說的讓人攬著這裏消磨那裏消磨……的本錢？大目仔望著他的那種癡癡自得的神態，他覺得蘊藏一股說不出的可憐。比他患急性盲腸炎在醫院著急著等人爲他張羅保證金還可憐；受糟蹋，這裏消磨，那裏消磨，闊嘴的話眞叫人噁心，而她是溶進他生命裏的人，闊嘴就說得那麼齷齪、噁心；羊肉的腥羶噎在喉嚨，心胃一個翻滾——哇！他所吃的全部吐了出來，地下一灘腐化的黃色物體，眼淚在腮邊滾動，酵酸堵住鼻孔好難受。

「你怎麼了？你怎麼了？」大目仔一手扶住他，一手爲他揉胸口。

「我怕羊肉的腥味。」他扯謊。

「已經吃過幾次都不吐，這次就吐？」

「胃有點不好。」又是扯謊。

大目仔打開手提包掏毛巾把他的嘴擦乾淨。忙倒了一杯茶遞給他：「喝了就會壓住。」

大目仔幫女傭把他吐的穢物打掃乾淨後付了款，帶他到體育場的草坪散步。

深秋的露水從草坪濕起一絲涼意。河堤的樹木在黑夜中沉睡，偶而飄下落葉沙沙的嘆息。

「大目仔讓我叫妳一聲姐姐。」

「好呀！戇小弟。」

「姐姐，妳對我太好了；我不希望妳當酒家女。」

大目仔靠近他：「何不叫一聲太太——心肝的太太。」

「何不轉業？」

「已經撕破了臉，幹與不幹也都當過煙花女了。陪陪酒，爲你不賺客人總可以了吧？」

賺客人！人家的錢賺來也不容易！……這裏消磨，那裏消磨……他娘的闊嘴的嘴就是那麼爛，一想就起一身疙瘩，又有要吐要吐的感覺。他想勸她轉業，但不知要從何說起。

並肩在體育場繞了一圈，穿過河堤的樹林。從愛河北端的橋默默的踴到南端的橋。「明晚將我定做的洋裝拿來，等我回來。」臨分手時大目仔交給他一把鎖匙。

當有酒渦的男孩深夜拿大目仔定做的洋裝到她住家時，等了半晌她還沒回來。子夜一點多了，他在她的房間裏無聊的等著。心想也許她正在送客人；也許跟客人高舉著杯子；來！乾杯，直著咽喉一杯一杯灌；或許被客人摟著爽歪歪，這裏消磨，那裏消磨……啊！不要這樣想，太侮辱她了。他娘的闊嘴的——又有要吐要吐的感覺。

一點半過去了，她還沒回來，大概被客人拉去開房間宿夜去了？

鎖上門，他下樓梯要回去了。屋外有計程車的煞車聲，樓下的門響了一聲，他正在樓梯穿鞋子，大目仔手扶著壁顛顛躓躓走進來。

「有酒渦的，把我扶上樓，我醉得頭都要炸開了。」

她脫下高跟鞋，一手搭在他的肩上，一手扶著樓梯跟蹌上樓。他開了門。把她扶進屋裏；一靠近床，一下子摔在床上喘息。手提包掉在地上。滿屋子散著酒精味。

他把手提包撿起來放在床上，拉上被單把她蓋好，輕輕搖著她說：「好好休息，我回去了。洋裝放在壁櫥內。」

「晚上在這裏陪我。」

「不要！人家會說閒話的。」

一脚跨出門，猛被她從床上跳起來拉住。他掙脫著要回店去。

「你住院開刀時我守住你一個禮拜。我醉得這麼厲害你不能陪我一夜？」

他支支吾吾仍是堅持要回去。她咬著牙根，狠狠用力一拉把他拉進來。關上門，穿上門，整個人摔在床上伏著嚎啕大哭。

「我知道你嫌我是個酒家女，看不起我。」她一面哭一面嚷：「晚上客人硬要拉我去宿夜，我死不答應，被一纏了一個多鐘頭，捱摔了兩個耳摑；我眞不甘願！我恨死了你！」

她擂打著床，床一上一下震彈著，人也跟著震彈。

「別哭了，我陪妳。」

「到廚房給我倒一杯開水吧，喉嚨乾得快要炸開了。」

開水倒來時她已停止哭了。他把她扶起床坐著，給她開水，她撐著身子接下來，一口氣把一杯開水喝乾。手握住空杯子，滿臉淚痕。

「我恨我父親；我父親是一個賭鬼，一個酒鬼。自己賺錢自己喝酒賭博還不夠。我母親做苦工養我們四個姊妹，還常回家向我母親要錢，拿不到錢就打我母親。我十六歲就被他賣到酒家當酒女。我本來比你還怕羞的，現在有人說我是吸人精、狐狸母。眞的！我有辦法使客人爲我沉迷，大量掏出腰包。但就是迷不住你。」她咬牙切齒。空杯就地一擲，一聲尖耳的破裂，碎片濺了一地：「幹五年酒女了！我討厭這種生活，我討厭這種生活！」

身子一摔，又摔在床上一聳一聳地大哭。

「都是我不好，引妳傷心！」有酒渦的一陣心酸泣了起來。

泣聲使她停止哭，撐起身子扳住他的肩：「你也哭？眞不夠男子氣概！」

她一說，他泣得更厲害，連肩部都抽動著。

「男孩子怎麼可以哭呢？哈！哈！」她破涕爲笑，滿臉淚水，一頭亂髮。

噗嗤一聲，他禁不住噴出笑，一伏身，頭埋在她的懷裏，兩手死緊地摟住她的腰身，她把他扳起臉，用裙角擦乾他的淚。然後把自己的臉胡亂的抹了一抹。低下頭偎依著他。

「乖乖！好睡了。」她從壁櫥裏拉出一條毛毯瞅住他笑笑：「我蓋被單，你蓋毯子。先講好，你不能半夜裏起來偷翻我的被子。否則明天我到你店裏去宣揚。」

「給我拉下拉鍊。」

他把她背後的拉鍊一直拉到臀部。她脫下外衣，透明的尼龍內衣下隱隱約約暴露葫蘆型的胴體。

他心跳臉熱，裹住毛毯倒身一滾，和衣面壁側躺著。

閉著眼睛，他聽到她開門到廚房去，水龍頭嘩啦嘩啦，可能在洗臉？半晌，她進來了，關門上閂，他偷偷張開眼又閉著；她對著鏡子梳頭。彈簧床震動了一下，她躺下來了。把他的毯子拉上蓋到脖子。床微微彈了幾下……沒有動靜了。

他不敢翻身，一翻身怕張開眼觸及她那透明尼龍內衣下的胴體。

雖然已是深秋，軟綿綿的彈簧床卻熱烘烘的。踢下毯子，吐了一口氣，桌燈的光線使他閉不死眼睛，室內蕩漾著化粧品的香味。背後襲來均勻的女人的氣息像向他噴著興奮劑；心燃著火。張開眼，水青壁上貼的裸體女人，夾著腿，扭彎腰歪伏著，眼神像揶揄他不夠男子氣概，側躺受不了，輕輕翻身正躺著，彈簧床，彈動了一下。伸伸脚，不意碰上她的脚，她的脚卻抬起來擱在他的脚上。偷偷瞟她一眼，她睡得死死的。

脚被墊疲了，背肩有睡不慣彈簧床的酸痛。實在躺不住了，抽出被墊的脚慢慢撐起身子坐著。

她的睡容很甜，被單蓋在肚子以下，塗蔻丹的脚趾露在被外。眼光看到她的兩峰；白色透明的尼龍內衣，乳罩綳得緊緊的，有三分之一的乳肉顫顫擠在乳罩外，乳谷隨著呼吸鼓動著。吊帶穿過乳罩上的布耳，一邊打一個活結，只要輕輕把活結一拉，乳子會乍然跳出來。他的心臟鼓動一種生命原始的吶喊；手伸到乳罩上的活結想把它扯開；眼睛瞟一下她的臉——洗淨鉛華的臉，熟蛋剝開殼那樣嫩白。眼睛閉成一線，睫毛恬適的貼著下眼瞼，鼻孔吐出無邪的青春的氣息；她的睡相是那麼純潔，找不出一點酒家女的痕跡。他看過一次媛媛靠在椅子的睡相；她睡得跟媛媛同樣純潔。媛媛！媛媛！眼前熟睡的女孩變成了媛媛？這個活結一拉怎麼有臉在媛媛的面前工作呢？媛媛！這個與他同庚的女孩早他一年學縫裁。從他學徒的第一天起老闆就把他交給媛媛教。手上一拿到新樣子的工作，媛媛就仔仔細細向他講解做法。做錯了，幫他拆開做他給他看，換上闊嘴或獅子鼻罵兩句先吃吃尺頭再講。媛媛會爲他跟闊嘴吵過：「要教就教不教就算了，何必開口罵人。你也學過徒，也不只你會做，神什麼氣。」

媛媛常偷偷數說他衣衫沒洗乾淨；汗水鹽清一塊塊在汗衫上；長褲的油漬一點一點都沒洗掉。有一次他在池邊洗衣媛媛也拿她的來洗。媛媛把他的接過去搓上肥皀就揉，老闆娘從屋裏出來，她急忙把滿是肥皀泡沫的衣服推還他。老闆娘要走不走的看看他們，使媛媛的臉抹上紅霞。老闆娘走後，媛媛又把他接過去沖洗乾淨。這個活結一下來，眞太對不起媛媛，媛媛一定看不起我。

大目仔闖進他的生活圈子之後，有一次工作沒有做好被媛媛罵了：「工作不好好學，被大目仔搞昏了頭。」這一罵心痛了好幾天，眞想跪在媛媛面前求她寬恕。

大目仔口中喃喃的，聽不清什麼。嗯——一聲深呼吸腰身蛇扭了兩下，兩手直伸，肩膀提高；會醒起來？他倏地拉上毛毯背她側躺，閉眼假睡。床彈了幾下，大目仔翻身面他側躺，一隻脚跨在他的腿上，像是故意的。背後沒有動靜，正如風箱一抽一呼搧動火燄在體內燃燒。掛鐘敲過四點了，仍滴答滴答走著。他輕輕移開她的脚，爬起來衝到廚房打開水龍頭，嘴抵上去連吞幾口水，再嘩啦嘩啦洗臉，心涼多了。正要返身時，不小心掃落池盆上的鋁水瓢，空隆——震響了起來。

他進房間時，楞住了：大目仔惺惺地坐在床上。

「起來幹什麼？」

「口渴，喝水。」

「你沒有偷翻我的被子？」大目仔低頭看看胸前笑著問，似乎要在胸前找出他偷翻被子的罪證。

他手劃劃臉羞她。

「鴨棚裏留不住過夜蚯蚓，你是不偷吃蚯蚓的戇鴨。」大目仔拉他坐下來說道：「可使在室女跟你睡在一起，還保持在室女的在室男！」

他生氣了，摔開她的手，坐開了一些距離。

「也許你是沒有鳥仔的半南洋。」大目仔磔磔笑著，身子搭在他的肩上。

他掙開她的身子，出其不意被她一個猛動作推倒在床上，人壓在他上面，手托住他的下巴湊上嘴，舌頭龍掃江河捲進他的口中吮。他癱瘓了，閉著眼睛想抓住那頃刻的一切；臉上的每一個細胞都在顫抖。靈魂出了竅，不相信自己的存在。像乍起的一陣旋風把他捲在半空中，飄飄然，冷顫顫的。

大目仔喘著氣放開手後又發出磔磔的笑聲。

「笑一笑，讓我看看你的酒渦。」

他瞪她一眼；女孩子不甘被輕薄，又暗喜被輕薄的一眼。

「當我把你破功時，我要包一包很大包很大包世界上最大包的紅包送你。」大目仔煞有其事地說。

他拉上毯子蒙住頭，怕她再表演一些什麼。但又很失望，什麼也沒有演下去，毯子仍然蒙住頭。

「我才不要妳的紅包。」他在心裏喊。

閉著眼睛回味被輕薄的那種冷顫顫，飄飄然；這是初吻？慢慢地，睡著了。

「請問，你們樓上住的那位眼睛大大的，在萬花樓出勤的酒女在不在？」有酒渦的男孩再去找大目仔是一個多月後的事了。

「她搬走一個多月了。」房東太太說。

「知道她搬去哪裏？」

「不曉得。」

那天早晨離開大目仔後，她一直沒有來過店裏。她說不當酒女了，叫他不要在夜半時去路口等她了。問她改哪行業？笑了一笑不答。雖然等不到她，在夜半時他偶而也到常等她的路口徘徊，眼看那些被客人拉進計程車的酒女飛揚而去。有少數一兩個沒被拉去宿夜的，在深夜街燈上，咯咯響著，挪移那太過誇張的曲線的身段時，總覺得像她，卻又沒有一個是她。

她不來，又等不到她，在人聲歛跡的夜街，他流過幾次淚。

他不敢冒昧去找她。她住在樓上，經過樓下時，房東一家人和兩家房客滿是打著問號的眼光，足足使他心寒。好幾次他來了，躊躇不敢進去，在黑夜的巷口一圈繞過一圈；希望在她進出時碰到她。這一次他終於硬著頭皮進去問。

「要搬走也不講一聲？」在房東太太面前呆了半晌才自言自語走出去。到處都有酒家，酒家是酒女的家，到處可爲家。或者到別縣市去了？如還在本地一定會來找我的。他想。一定是到別縣市去了。

拐出巷口，愛河就在眼前。河堤羅曼蒂克的情調撩起他太多的感觸。……你是一隻不偷吃蚯蚓的戇鴨。忘不了那夜；眞太不夠男子氣概，留了沒有演完結篇的什麼。

調戲的磔笑，不甘失去的那夜，恨在心中火燒；一股欲發洩在那夜沒有演完結篇的衝動在體內發酵，他愛我都是假的，嘲弄我，調戲我尋開心。你是一隻不偷吃蚯蚓的戇鴨。沒有鳥仔的半南洋……。報復！毀掉她珍惜的在室男。

他摸摸口袋，掏出僅有的一張五十元鈔票看了看；剛發這個月的零用錢一百元，日常用品花去了一半。

走過愛河橋，向戲院後面的花街走去。

霓虹燈在摟腰間跳怯怯，向貪婪的路客擠眉弄眼。查某特別喜歡拉那些打著貓眼尋獵食物的路人。

他冒冒撞撞衝進一家掛有三盞綠燈的「桃花江」。五十元夠買一張三盞綠燈的票。一群濃裝妖艷的查某蜂湧圍著他。他尷尬地站著，不敢去注視任何一個。

「要哪一個快一點選嘛。」一個口嚼泡泡糖的說。

「快嘛！發什麼呆？也不是要做太太，隨便拉一個算了。」那個嘴唇翹翹的，顯得很不耐煩。

好！隨便拉一個就隨便拉一個。眼睛左右一掃，手指一個靠在牆角啃魷魚的查某。眼眶黑黑綠綠的塗得好濃好寬，睫毛翹翹的；洋娃娃的眼睛。染黃褐色的頭髮散散的披在肩上，嘴唇亮著黃色脂膏，也是那種上下掀的黑種人的唇；西洋番婆一個！

「走！」不情不願的命令，向前搖進一間鳥籠似的小房間。他靦腆地跟在後面。

當他跨出三盞綠燈的門口時，有一種要吐要吐的齷齪感在心胃裏翻滾；那個女人門一關，竹筍似的一層層剝下來，那麼不知羞恥的剝成一條白蛇，曲扭在床上催他：

「還不快一點，有什麼好呆的！」

像初上操場的新兵；一個口令一個動作，不情不願的口令，生生澀澀的動作。好齷齪！

「哼！這可證明我不是沒有鳥仔的半南洋，夠男子氣概了吧？會偷吃蚯蚓的鸕鶿！」但已不是在室男了！大目仔所渴望在洞房夜破功的在室男，他伏在河堤的電桿哭。後悔，非常後悔，那些查某齷齪得使人要吐出來!!心一陣抽痛，眞對不起大目仔。

步出鳥籠式的小房間時，那個女人笑瞇瞇在他褲袋裏塞了一把，送他一眼秋波：

「再來玩吧。」

他手揷進褲袋一摸，摸出一包東西來。乍乍一看不覺驚訝——

紅包！

「她知道我是在室男？那麼內行？」

怪不得幾句不情不願的敎令下，一陣羊癲病的抽筋後，轉爲嬌嗔的笑罵：

「年輕人好的不學，學走這種壞路！」纖纖柔荑梳弄他的頭髮，緊偎著他說：「你的酒渦眞帥，男人很少有酒渦的。」

解開紅包，裏面是兩張十元鈔票，他重把它捲好，用力一擲，丟進河裏。

「我才不要這種臭錢。」

淚眼迷濛望著紅包在粼粼的河水上盪了幾盪，慢慢沉了下去。

有酒渦的男孩從工作場拿了一套做好了的外套跨過店裏時猛吃了一驚——大目仔挺著大肚子坐在椅子上跟老闆娘有說有笑！大目仔看到他咧著嘴笑了笑。她們已經分離半年多了。

「有酒渦的，大目仔嫁人了！不是你的了！」老闆娘笑著說。

「有酒渦的，我們出去走走，我請你吃東西。」

大目仔拉著他的手步出店口，挺著的大肚子走起路來像吊著一個大鼓，搖搖晃晃的。

走近一條黑暗的小巷時，有酒渦的把她拉進巷子裏。雙手扳住大目仔的肩猛搖猛撼：

「妳爲什麼大肚子？妳爲什麼大肚子？妳爲什麼大肚子!!我一直沒有跟妳怎麼樣妳爲什麼大肚子？」他哭著喊，越搖越用力。狠狠的推開她，伏在牆上跺著脚哭。

「我不知道你會這麼認眞，否則就不來看你；我太想念你了，所以利用來高雄的機會挺著肚子來看你……」

「都不要講了，都不要講了！」他搶著喊。

「我大肚子也都是爲了你。將來跟著你總不能沒有一點經濟基礎過窮日子。我需要錢又厭倦酒女生涯；所以給台中一個木業公司的總經理包養。每月一萬元。那個人四十多歲了，他太太一隻蟑螂也生不出來。要我爲他生一個孩子，條件是給我三十萬。我向他講明孩子一生下來由他太太撫養，我就跟他拆夥。」大目仔挨近他，手拉著他的手：「原諒我！這是我的職業，爲他生孩子是要賺他的錢。你出師後我就洗手不幹了，一心歸你。」

「又是你的職業！出租肚皮的職業。」他停住了哭：「太空時代，三萬六千行另外的一行。」

「別這樣挖苦我。笑一笑，讓我看看你的酒渦。」

他不笑，緊緊攬住她，湊上嘴，舌頭龍掃江河的捲入她的口中。長長的一吻後，她喘著推開他：

「什麼時候學得這麼老練了？」

「那夜妳教我的。忘了？」

「噯唷，好的不會，壞的一學就會。裁縫快出師了，取牽手也可以出師了。不再怕羞了！」

「夠男子氣概了吧？」

「哼！還是在室男？」

「當然了，爲要賺妳那包世界上最大的紅包。」他冷冷的說。腦子裏浮起「桃花江」那個女人不情不願的敎令下，生生澀澀的動作；丟進愛河的紅包。想對她說：我才不要你出租肚皮賺來的錢，說不出口：「但妳卻要爲別人生孩子。」

「乖乖，我也爲你生孩子，第一胎生一個有鳥仔的，也像你有兩個醉人的酒渦。」大目仔如醉如癡：「你出師時我也離開他了。我們先租一個小房間，我要將房間佈置得很漂亮；淺藍色的壁，配黃色葡萄花紋的落地窗簾。彈簧床鋪大紅的絨布床巾。我們不要舉行任何儀式。就在房裏對拜天地成爲夫妻。床的四周點一百支紅燭，象徵百歲偕老。然後！（她伏在他耳邊輕輕說）把你破功，紅包四十萬；然後買一間店鋪開一家大規模的時裝店，兼營綢緞呢絨，我幫你看店，設計新樣子；然後爲你生孩子；然後——」

「然後——」龍捲江河的速度，又是長長的一吻；他也陶醉在她編織的美夢中。

一陣汽車叫人的喇叭聲從綺美時裝店那邊響過來，大目仔推開他說：「他的車要來接我了。」挺著大肚子搖搖晃晃的跑過去。

有酒渦的男孩走出巷子；店門口停著一輛黑色轎車，大目仔一到，後排座位一個男人打開門下車，手握住門把，讓大目仔坐進去，男人隨著鑽入車內，把車門關上。那個男人身材矮胖，著深色西裝，有一種經理派頭。他一隻手搭在大目仔的肩上。

轎車慢慢開過有酒渦的面前，大目仔向他揮一揮手，他的心窩煎一鍋滾熱的炸油，牙根咬得吱吱響。忽然追著車喊：

「大目仔！」

「大目仔！」

車子拐彎揚長而去。他停下來呼呼喘著走回店。

媛媛站在店門口迎著他說：

「兩隻腳畢竟追不上四個輪子的；她去了，看你眞捨不得，拚命追！」

「不，她嫁人了，快生孩子了。我欠她兩千兩百元；我是追著要問她的地址，我出師的第一個月一定要拚命賺下這筆錢寄還她。連本帶利。」

「她嫁人了，你——」

「我請你看電影。」他搶在她的「你」下說下去。

「眞——的?」

「眞的。」

「摸摸看有沒有錢。」

他摸了摸口袋,紅著臉雙手一攤。

媛媛回頭看著店裏,打開手握住的小錢包,拿出一張五十元的鈔票給他:「拿去買票,你請客,我出錢。」

他的心犀通了她的心犀:她是怕被店裏的人看到。低聲向她說:「妳先走,我隨後來。」

媛媛羞赧著先走了。他看她走了一段,店裏的人沒有向外看了,跑著追上她。

「看哪個片子?」媛媛問。

「光復的初戀。」

「應該去看失戀。」媛媛揶揄地說。

「應該去看『得戀』,因爲我很喜歡妳,又是妳出錢我請客。」他咋伸一下舌頭笑了笑,酒渦展成一朶花。

媛媛酡紅著臉乜斜著眼瞅他。他牽起媛媛的手,媛媛的手哆嗦得很厲害,就像他第一次在河堤樹林下被大目仔牽著手時那樣哆嗦。

——原載一九六九年十一月《中國時報》人間副刊

# 寡婦

清明

金薇和秀蓉帶著掃墓的牲禮，騎單車相載到黃鳳的家來了。

「靜梅還沒來。」黃鳳在玄關下穿鞋子。瘦瘦的身子，萎皺的臉龐，聲音跟人一樣枯萎。

「她最會摸，最會趖。」金薇胖胖的肉餅臉堵起埋怨的神色。

「妳要同情她還要帶孩子。」秀蓉俊俏的輪廓中蘊有隱隱的憂悒。這種憂悒是幾經折磨燃著而滅不掉的燜火。

三個人在圍牆內等靜梅。一聲脚踏車的煞車聲，使她們探出門口看，是靜梅。她的寶貝坐在夾在車架的小籐椅上。小手抓住車把，生分地低著頭。

踩。

「該走了，也騎脚踏車?」靜梅問。

「秀蓉給金薇帶，我自己騎一部。」

黃鳳推出一輛女型脚踏車，騎上去，五個人乘三輛，往距離十公里左右的郊外公墓

她們四個寡婦同住在一個區域裏，最年輕的靜梅才二十六歲，金薇和秀蓉都在四十歲左右，黃鳳已經五十二了。她們原本不相識，先後成了寡婦後，由相識而成莫逆之交；沒有人比寡婦更能了解寡婦的心，和寡婦的苦楚。她們常在黃鳳的家相聚，跟黃鳳做伴，幫她整理房子和庭園。

她們頂著炎陽，衝過陸橋轉入郊區的石子路。石子路難騎，單車跳著滾，踩一下喘一下，汗水不停的滲出。爲了向死者表示一點心跡，每次探墓都是騎脚踏車來。

「換妳騎了。」癡胖的金薇跳下車，拭著額前的汗，張口呼呼喘。秀蓉騎上前座，金薇跳上後架，車子加快速度追前面的黃鳳和靜梅。

三輛單車寄在山下的人家，四個寡婦輪流抱一個孩子，拎著祭品爬上墳墓纍纍的山丘。

山丘斷滴風絲，相思林靜悄悄，這裏的地球脈搏停止跳動。遍山滿野横七豎八的墳墓，一堆一堆雜草茂密，各色各樣的建築，現出各階層的貧富和不同的宗教信仰。人生

的終站，陰間的起點，看來擠得很熱鬧，卻闃寂無聲。

她們繞著堆與堆間的阡陌小路，幫靜梅抱孩子找到了她先生的墓後，分散各找她們另一半的長眠之地。

墓一

甲辰年二月二十三日吉置

先夫狄原智之佳城

妻狄許靜梅立

靜梅將牲禮粿菓排上碑前的水泥小供案，看看墳身，去年的清明來掃墓還是一座新墳，如今草叢葳蕤，墓碑已留下歲月走過的痕跡。怎麼不舊呢？他留在肚子裏的一粒種子，經十個月的懷孕，出生爲嬰兒，學爬、長牙，搖搖習步，牙牙學語，如今已是一個小精靈了。

「媽，那麼多一堆一堆的堆堆，那是什麼？怎麼那麼多？」小孩子一臉奇異，眼睛骨碌碌溜著遍山的墳堆。

「墳墓。這一座是你爸爸的墓，小原叫爸爸。」

「人家的爸爸是大人，我爸爸是墓，我不叫墳墓爸爸。媽，為什麼爸爸是墳墓？」

「爸爸躺在墳墓裏睡覺。」喉嚨堵起來，淚水泌出眼眶，咽住聲音往肚裏吞，不要噴出來。

「叫爸爸回家，我不要爸爸睡在墓裏。」孩子搖著蹲在「福德正神」小碑前排四菓的媽媽。

「我要爸爸回家，我要爸爸回家。」

「爸爸死了，不能回家。」

「怎麼死的？被布袋戲的壞人殺死的？」

「……」

「爸爸什麼時候死的啦？」孩子不耐煩地跺著脚。

「……」

「爸爸在什麼地方死的？」

「……」

「媽媽，媽媽——」孩子硬扳起媽媽低垂的頭。「媽媽——妳在哭？哇——媽媽不要！媽媽不要哭！我不要媽媽哭。」孩子緊緊的摟住媽媽的脖子哭。

「媽媽沒有哭。」擦掉淚水，裝笑。「小原看，媽媽沒有哭。」
「媽，我有沒有看到爸爸死？」
「小原不要問啦。乖！」
「媽，爸爸為什麼要死？叫爸爸回家嚒，不要死啦。」
「媽，爸爸被布袋戲的哪一個壞人殺死的？是不是妖道？我長大了要替爸爸報仇。」
點上香孩子喊：「媽一支給我。」
「小原拜爸爸，爸爸保庇小原快一點長大。」靜梅從孩子的後面彎下腰兩手攥住孩子拿香的小手拜。
「小原叫爸爸。」
「爸爸。」
靜梅上下擺動香火默訴：原智，第一次我把我們的兒子帶到你的墓前來。小原就是你的親骨肉，你看看他吧，他叫你爸爸了；相信你會很高興的。他是你臨終前撒下的一粒種子，也許你不相信你會有這個孩子；你死後一個多月，我才發覺我懷了孕，多叫人傷心的事，結婚不到一個月，你在我的肚裏埋下種子就不管了。他現在是我生命的一部分，也是你生命的延續，他長的很像你，我總懷疑是不是你託胎再世的。雖然我為我們這個無父的遺腹子吃過很多苦，流過無數的淚，為了你的生命能藉他復活延續，也覺得安慰。今天是清明，我們的小原來給爸爸掃墓，你多多保佑他吧……

挿上香，靜梅把孩子牽到墓邊的樹蔭下乘涼。她摟著孩子親著。如果那時聽父母的話把胎打掉，世上不但沒有小原的出生，自己可能如了父母的打算：

「沒有孩子，回來娘家做閨女，另找一個再嫁。」

曾經有過這種打算，不到一個月的夫妻，就這樣爲他養孩子守一輩子寡嗎？那天被母親帶去婦產科，辦完手續，進入手術室等醫生準備儀器，滿腦子都是翁姑乞憐的聲音。

「難得原智能留下一條生命，妳就讓他出生吧。我們沒有意思要妳守一輩子寡；孩子生下來我們兩個老的可以撫養他長大。妳要怎麼，任憑自由。只要爲我們留下一個傳宗接代的。妳同情同情原智上沒有兄姊，下沒有弟妹。我們兩個老的對妳也不錯。一夜夫妻百世恩……。」翁姑每次談起來就老淚縱橫。

「媽，我不要，我不要！我這樣做對不起原智。」衝出手術室向母親懇求。

「辦完手續了，還不要，也不是小孩子辦家家酒。」

管不了母親高興不高興，攔一部計程車鑽進去闔上車門催他快一點開。

孩子已經五歲了，公公婆婆像命一樣的疼他，母子也分不開，扔得下再嫁嗎？帶孩子走兩個老的死也不會答應的。除非狠心要他們的命，誠如母親說的：

「有了孩子拖一個油瓶，多不方便，不好選人，扔也沒有那狠心。」

好多同事常在背後議論：

「看不出一個年紀輕輕的女孩子能爲只做了二十多天夫妻的人守寡生孩子。」

「她還沒到狼虎之年，還守得住。」

守得住嗎？最怕的是失眠，一個夜熬過又一個夜來臨，一輩子有無數的夜。孤燈獨枕，長夜漫漫，白天辦公廳受的閒氣無處傾訴，孩子煩人的哭聲……躺在床上想念的已不是墓中人。小黃，小黃。那個年輕小夥子的談笑舉動，深深的攫住人。辦公廳裏坐在面對面，脚常伸過來踩人的脚，偷偷瞟他一下不動聲色的任他用脚尖拘著踩。他那話中含有吃豆腐的幽默。卻不去恨他，同事跟他聊起做媒的事，他吱吱唔唔，言意之下好像嫌人是個帶孩子的寡婦。孩子總可以狠下心來丟給公婆去撫養，但人家是一個沒有結過婚的年輕人，才不會不愛黃花閨女愛寡婦，雖然自己也還年輕。

「媽媽爸爸怎麼死的啦，叫他不要死嘛。」孩子搖著媽媽的手重複他問過的話。

「忘記呼吸死的。」

「爲什麼忘記呼吸？叫他呼吸嘛！媽媽叫爸爸記住呼吸啦！」

「……」靜梅看看孩子，孩子是永遠纏不淸的。

不知是媽剋夫命重，或是你爸短命，婚後第二十七夜，夫妻完後，他疲憊的睡著了。天亮，八點多他還沒醒，叫他，怎麼也叫不醒。醫生的死亡診斷書寫「心臟痲痺致死」，眞懷疑是土話說的中下馬風死的。媽怎麼說呢?孩子!你爸爸把你的種子埋下，就撒手西歸了!

## 墓二

民國三十九年仲春吉置

顯考薛公培林之墓

孝男尊明立

黃鳳望著丈夫的墓碑，字劃的刻溝，漆早已剝落了。十九年了，培林死時女兒剛三歲，今夏就大學畢業了。

記憶還很鮮明，培林罹難的那天上午，帶著兒子在游泳池泅水，培林的同事匆匆跑來報說:培林在新工場試爐，爐管爆炸，被炸傷，可能沒有希望了。

她向他笑笑:你是看錯了人，或是你謊報，哪會憑空出這種事?

剛跑進廠裏的大門，碰上載培林赴醫院的救護車，車子停下來讓她上去。培林昏迷躺在車中的擔架上，脖子和胸口好幾處綁著紗布，紗布上有濕濕的血。臉色蒼白，呼吸困難，到半路胸口已經停止了跳動，手腕也摸不出脈搏了。到了醫院，醫生摸摸鼻孔，按了按脈，搖搖頭叫護士把他推進太平間！

流不出一滴淚，全身的血液冷卻了，凍結了。柴柴的坐著，抽出靈魂一樣的軀殼，無知無覺，親戚問如何辦善後，楞楞的答不出。怎麼辦呢？眞的要把他裝進棺材扛去埋？早上上班還好好的，坐上吉普車，開動引擎向孩子們揮手說再見！

三天沒有吃飯也不知道餓，親友勸著多少吃一些，就是吃不下，一心一意想跟他一起死，而孩子呢？兩個孩子誰來照顧？渡海來到台灣已經四年，日夜渴望早日收回大陸好回老家，而他卻丟下她們母子走了！

丈夫遺留下來的只有現住的那棟園林社區的高級住宅。爲了生活，爲了讓腦子裏沒有空閒去悲哀，應他服務的化學工廠之聘，入廠當職員。在大學跟培林一樣是學化工的，工作也能勝任。最怕的是空閒，一閒下來就割腸割肚，懷念起八年夫妻的恩愛生活，和在大學裏跟他的初戀；盡量使自己忙，上班忙工作，下班後忙家事，忙孩子，無事也找事做，讓身心忙得筋疲力竭，躺上床就呼呼大睡。

兒子出國留學後，女兒也上台北讀大學；偌大的一棟花園住宅冷冷清清。沒有家事可忙了，一個人也懶於炊事。早餐泡一杯牛乳佐麵包，中飯和晚飯在工廠的小食部排長龍，輪到時捧著盤子揀愛吃的買。

兒子在國外成家，媳婦也是台灣去的留學生，已經有兩個孩子了。寄回來的相片兩個小寶貝都長得白白胖胖的。大的會叫奶奶了，錄音帶上大人逗他叫，滿腔羞澀的乳音：「奶奶……您好，我很乖……」

客廳還是陳列初來台灣時買的那組古銅色的大沙發。換過一次彈簧和布面，樣子有點舊了。客人少，孩子都不在家，懶得去擦拭，時常蒙一層灰。牆上掛著兒子媳婦和兩個孫子在美國照的一張放大相片，全家笑容可掬，一團融洽，一切期望都寄託在這一張照片上。園林的高級住宅，白天已夠寂靜了，一到晚上唯有樹木的天籟：屋前有幾棵荔枝、鳳凰木、尤佳利；屋後有龍眼和芒果，樹齡都很大了，枝椏盤空交纏，整個房子覆蓋在樹蔭下。花園荒草萋萋，只有小池塘的幾棵荷花還欣欣向榮。果實成熟時，望著纍纍墜墜的果粒想念沒見過面的小孫子，哪天你們回來了：公公生前手植的荔枝、芒果、龍眼給你們吃不完的。

家成爲一個人休息睡覺的地方，只有房屋的家殼，沒有回來的家人。左鄰右舍，磚牆圍得高高的，下班回家等於鎖入孤獨城，讓時間滴嗒地啃噬著。眞怕哪一天三更半夜患上急症，那眞就叫天不應，叫地不靈！孩子們在家時可爲他們忙，或者進入書房裏翻一本書出來陪他們做功課。一屋子的化工書籍，培林生前一有空就在書房裏鑽研他的化學新產品，夫妻同一門學科，常常燈下共讀。

在三面牆壁是書櫥的燈光下，彷彿他還在，埋首在窗口的書桌前。而這幾年看書的興趣跟人一樣枯萎，手上拿書本，眼睛卻注視著窗外日影的移動。秋冬的夜晚，躺在床上拿著書，想用書來催眠，耳朵卻豎著聽風颯颯地剪落枯葉。

年紀剛五十出頭，心湖已蕩漾不起些微青春的漣漪。早就隨心所欲而不踰矩了。何必到七十。夫妻生活的記憶已淡了，初戀像兒時辦的一場家家酒。日子一天等過一天，等哪一個星期日女兒回來跟媽媽住一天；寒假完了盼望暑假快一點到。等吧，等有一天兒子攜眷回來跟母親住在一起，或者退休後去美國含飴弄孫。

「培林！我們的孩子都長大了。」她攤開紙箔一張張掛在墳身的草上。

**墓三**

癸卯年六月五日建造

顯考吳公榮明之墓

孝男書宏立

秀蓉癡癡的看著墓，這個墓對她很陌生。十年來的夫妻，他死後，經五、六年來的變遷，宛若相戀一場而沒有結局的一對；經一陣撕裂的痛苦後，男的遠遠的走了，女的移情別戀，再相逢時，已成認識的陌生人，互不相關；分離時痛不欲生的嚎啕，實在幼稚可笑。陌生！陌生！秀蓉認爲有過了人，已不是他的妻子；他能是她的什麼人？孝男書宏，知道做母親的有了人，不要媽媽投祖父母去了，也好像不是她的兒子了。

聽到他被車撞死在路中時，暈倒了兩次。眼看屍體入殮，搶著要跟他蓋進棺材裏。棺材扛走了，搥胸頓腳，扳住棺材磕頭。棺材徐徐下窆，土一鋤一鋤往上蓋，淚哭乾了，肝肺撕裂著，人癱瘓下去又暈倒了。

喪事辦完，跟著來的是和他的父母爭他的死人錢。他服務的公司可領十一萬，撞禍的車主賠五萬。他的父母要領去保管，誰知道他們是呑去或要保管。他們的理由是：

「誰知道妳的心變不變。妳如果變了心，丟下三個孩子再嫁人，三個孩子還不是我們兩個老的要撿起來養。」

堅持不給他們領，起了娘家的兄弟來理論，兩家變了臉，幾乎要動起武，公親來調解還是僵持下去；車主賠的錢，他們出去談判的，他們具名領去了。公司的錢要配偶的圖章領，她領去了。

「十一萬元在妳身上，不要到一年半就被拐光。」他的父母當著衆人的面前說。

「才不被你們料倒。」當時立下頂天立地的志氣：「看我撐這個家培養孩子給你們看。」

家是撐起來了：把住宅的客廳改成雜貨店，下了三、四萬的本錢辦貨。生意還不錯，一天賣個五、六百元，毛利也有六、七十，生活是很寬裕的。幾個月後，跟鄰居吃飽飯沒有事做的船員太太學會了玩四色牌：慢慢男的女的窩在一起賭，手拿著牌，嘴聊著男女的事：男的打女的一下，女的搥男的兩下。起初不習慣，久了也有些樂趣。要看店，不能常去別人家，索性叫那些人來家裏賭，一個晚上還能抽個三、五十元：那個人——賭魁韓東明，他是賭場能手，贏的比輸的多：被人封為賭魁，鬍椿子不時刮的青光光，西裝頭吹的服服貼貼，嘴角常嘻嘻的咧著咧著。嘴很饞，一想吃就隨手向架子上搆下啤酒雞肉罐頭下來開。吃完說一聲「記著」不理了，像是他自己的。賭贏了兩百三百丟下來，賭輸了不好意思向他要。沒有賭本時嘻嘻的纏著人借，不借他，對他那張嘻嘻的臉，就是不忍心。

兩人合夥賭，手拿著牌，賭魁靠在肩邊做參謀，輸贏戚戚相關：你的錢就是我的錢，我的錢等於你的錢。日子久了他沒有錢，上前面店裏放錢的抽屜自己開自己拿，還不還搞不清了，反正贏了錢三百五百把他抓下來。賭到深夜兩三點時，大家都回去了，他留在最後咧著嘴嘻嘻的說：「我不好意思回去敲門，隨便跟孩子窩一下。」

窩就窩吧。睡前他還要開一瓶啤酒什麼的吃吃。

那夜，他不跟孩子們窩了，摸到她房間，要跟她窩在一起。常常窩在一起賭，窩在一起吃，窩在一起打打笑笑；窩就窩吧，懷著出家人破戒的貪婪和畏怯，挪挪身子挺出一個空位讓他窩在一起睡。

兩個大的孩子看的出來了，讀高一的書宏唆使差他一歲的妹妹，凡放學回來看到賭魁在家，以不說話不吃飯來抗議。硬押著他們吃，書宏會把碗筷掃下桌子大聲咆哮：「我們不跟賭鬼一起吃。」打他，兄妹關進房間裏抱著他父親的遺像哭。

終於兄妹偷偷打著包袱，回鄉下投靠祖父了。留下紙條說：「媽媽，我們走了，家讓給您跟那個賭魁吧！」

老么還小，不然也可能一起飛！

「要嫁人，選一個正正當當的正式結婚，不要跟那個有妻子又不務正業的人不明不白。」

黃鳳常這樣勸人。話是對的，但是扔不掉他。錢不借給他時，他會使性不來；幾天沒見他那張嘻嘻咧著嘴的笑臉，關完店，三更半夜到處找。窩一夜後，他要多少錢就給他多少錢。

發覺他拿她的錢在外方養一個茶女時，錢已被他花光了。沒有錢交貨款，人家來搬東西，雜貨店只好關門。生活沒有著落，黃鳳很同情她，拉她到伊服務的工廠當臨時小工。

沒有錢他不來了。到法院告他借錢不還，他向法官說：「我不是不還她；我現在沒有錢，以後有錢一定還她。」

法官把他教訓了一頓，囑咐有錢時一定要還人家，判他無罪。奈他何？他沒有財產可讓你抄封；是你自己情願借給他的。

眞不甘願十多萬白白讓他花光，再向高等法院上訴，照樣判他無罪。法官面前說要還你，人理都不理你；只好天天詛咒他：一出門就被汽車撞死在半路碎骨分屍。

好幾年沒有來探墓了，今天被黃鳳她們邀來；苦苦踩了一個多鐘頭的脚踏車，墓中人那麼陌生，她眞後悔來。

墓　四

庚子年四月二十五日吉置

先夫王光燦之佳塋

妻王李金薇立

金薇上了一柱香，感嘆生了七個孩子，沒有一個孝男可刻在墓碑上。兩年生一個，一直等，不生出一個男的誓不休。他生癌後不休也得休了。

金薇小時候就跟她母親，嘗過守寡的味道。十四歲父親死了；過一年母親招進一個男人，好吃懶做，沒到兩年把父親遺留少許的田變賣了一半花掉；被公婆把他掏出去。十七歲時母親丟下那一半沒被賣掉的田給公婆，帶著三個孩子再醮。二十歲後父患急性盲腸炎死了，母親第三度守寡；好像守寡是女人分內的事，嫁一個死一個是她們母女的命運。好多人勸她再嫁；一個女人怎能頂下七個女孩的家？不願服侍兩個男人，再去嘗死了男人的味道；夠了，從她父親死後她嘗過四次這種味道；後父被掏出去時，母親也像他死了一樣的傷心了一陣子。

發覺他生肝癌，料他必定死。拖了一年多，心裏早擬好了一套守寡的計劃——第一步，把他唯一遺留下來的七十多坪地賣掉二十坪，賸下的五十坪再向銀行貸款，拿這些錢來建店鋪，五十坪可建三間，築三層的地基，先蓋一層，慢慢有錢再向上搭。建好後出租，拿租金來繳銀行的利息和維持家庭生活，本金慢慢賺慢慢還。

半年後計劃實現了，最小的女兒剛週歲，三歲和五歲的也要照顧，她把她母親拉來，整個家都丟給老人家去照顧。每天蹬著脚踏車出去打聽哪一家的房地要賣，哪一個人要置產。她做起了房地產的介紹人，天天忙於賣主和買戶的討價還價，和跑地政科查地號。在那一陣子房地產猛漲猛搶之下，兩年間給她賺了一百多萬的介紹佣金。還完銀行貨款，三樓搭上去了，兩個大的女兒也上大學了。這個家在她七、八年的苦鬥下成了不倒翁。

守寡八年來，整天跟那些房地產的男掮客混在一起；她變成了一個男人，在男掮客的面前，你不堅硬一點，共同介紹的買賣，你免想分到一毛錢的佣金。常跟那些人，為了分佣金吵得拍桌大罵，那種人沒有一個同情她是一個弱女子；男人對於她已是同性相斥，不再異性相吸。

常跟黃鳳談起，將來在七個女兒中選一個比較孝順的贅婿，使年老時有個依靠，不然出了嫁的女兒別家的人，老伴早走，自己一個孤苦伶仃。黃鳳說：「時代已不時興贅婿了，有骨氣的男人，很少有人要贅到女家去。招進那種不正經的男人，想依靠他，反而會被他搞垮。財產把你散光了，他走他的路，你還要揹他扔下的窩。不如盡量培養她們讀書，長大了都把她嫁出去，再選一對體貼母親的搬回來住在一起。」

將來女兒都嫁出去後，如果沒有一個要搬回來跟老娘住在一起，老娘就把全部財產賣掉，除了帶一部分到寺廟裏吃閒齋外，其餘都獻給慈善機構。

第一次香焚完了，她又燃上三支插上去。墓草有腳膝高，長的很茂盛：恩愛十幾年的人，腐化成雜草的養成？人總要歸化大自然的。何必去斤斤計較！雇來一個為人掃墓的孩童，在孩童的手裏接過鐮刀，刷刷把草割平。

紙箔吐完火光，焚著煙化為灰燼，風一吹四散飄飛著。

收拾完祭品，繞著墳堆翻過山頭，她看見在下坡的地方，秀蓉坐在墳前發呆。

## 歸　途

天陰，滿天黑雲團團飄游，青色的山塚浮動一些掃墓人的衣色，哭聲隱隱飄忽。

「秀蓉妳是來掃什麼墓？墳土被雨水沖垮了，也不請人來填填土。」

金薇走近秀蓉的身邊，秀蓉還在想錢被拐光，孩子不要她投靠公婆的事。她看看墳，這才發現有三四處陷下去的窟窿。左側近墓碑的那個孔，從草縫中看過去，可看到棺材板。墓旁兩道護岸被泥土淹沒，整個墓不成一個墓型。

金薇替她借來一把土鏟，鏟上土補墓上的窟窿，又把護墓的磚岸清理出來。

秀蓉半蹲著拔碑後的雜草，想起那一年她患肝病，墓中人每天早晨上班後又匆匆跑回來。用脚踏車帶她去看醫生。她害喜病時最喜歡吃葡萄，他下班後就到菜市場買葡萄回來。三更半夜她起來嘔吐，想吃什麼他披上外衣就出去買。墓中人彷彿活在她的眼前，是她的親人了，再也不陌生了。

碑後土隙中冒出兩條像蚯蚓那樣的紅蟲，趖著趖著，肥圓肥圓，紅瑩瑩的；只要小小一掐，會噴出滿地紅汁那樣的肥紅。

「那是什麼？金薇！墓中趖出來的。」

「呃——」金薇縮著頭，抖著鏟一把土把蟲蓋住。兩條被蓋住，又一前一後趖出兩條來！

秀蓉抽搐了一下，忽然攬住墓碑一聳一聳慟哭起來：墓中的親人被蟲噬光了，兩個孩子遠離了她，人亡家散又損財，公婆鄙視她，難於維持生活的臨時工的工作……

金薇幫秀蓉拿土塊一張一張壓完墓紙。兩個人一起去找黃鳳，再幫靜梅抱孩子走出墳堆，下山坡推出單車。

天，下起毛毛雨，她們的車子在石子路上向市區奔馳；怕在路中淋上大雨，急急忙忙蹬著車子。

「秀蓉，我聽說菜市場那家跟太太離了婚的老闆在追妳，可是眞的？」黃鳳坐在金薇的車子後架問前面的秀蓉。萎弱的聲調有長者的慈祥，手擦著額上的雨水。

「什麼老闆不老闆，爲了一個酒女把太太離了，天天借錢軋支票。酒女不理他了，想在秀蓉身上動腦筋，那個傢伙還以爲秀蓉有幾個錢呢。」金薇蹬得喘吁吁的。

「我不想再嫁，只想兩個孩子回到身邊來。」秀蓉說。

「其實靜梅應該找一個對象再嫁，那麼年輕……」黃鳳向騎在她身邊的靜梅說。

靜梅忐忑著低頭不語，在長輩的面前談起這件事總覺得羞赧，覺得褻瀆孩子的清白，拖著油瓶使孩子有兩個爸爸？靜梅想問黃鳳，二十年前她剛守寡時，爲什麼沒有再嫁？那時她不也很年輕？但說不出口。

雨越來越粗，她們在路中的客運車棚躲了一下，停過喘，天漸漸黯了，黃鳳換給秀蓉帶又繼續上路。

一天將結束了，明天她們仍要以一雙軟弱的手，在各人不同的環境中去做男人的事，開拓另一個明天接著明天的明天的明天……直到期待的那一天到來。

雨紛紛地落著，路邊盡是綠綠的農田，她們無處躲雨，衣服被浸溼了，暮靄沉沉，雨紛紛地落著。

——原載一九七〇年八月《中國時報》人間副刊

# 兒子的家

## 一

客運巴士進入了市郊，麗秋的視線射出窗口尋找一條石子路。巴士掠過了好幾條石子路，店鋪、樹、電線桿條條往後移，麗秋沒能仔細認哪一條是兒子的家的路。以前來過好幾次的，自從離開南部到北部後，快五年沒有來過了。這一帶發展的眞快，原本是疏疏落落幾間平房人家，四處都是青綠的菜園；如今菜園沒有了，高樓一排看著一排聳身向她高呼：這一帶繁榮了！

將近五年沒有來了，屈指數數兒子已經七歲了，可能已經上小學了？那一身臭頭爛耳的瘡癤會不會復發呢？

巴士到站後麗秋下了車，尚記得兒子的家那條石子路旁有一條大水溝，他家在菜園的中間，要走小圳溝上的岸徑進去。麗秋往南走；以前來都是往南走十幾分鐘，橫過一條柏油路後的第三條石子路，就是兒子的家那條有大溝的路。麗秋走到第三條路，已不是石子路了，路上鋪柏油，大溝已看不見了；她又往南走了好一段，街道樓房緊挨著樓房，有的開了商店，有的還關著，沒看到橫出石子路來。一切都改觀了，她認不出五年前的什麼。她轉回頭，走到第三條路，路口轉角處的兩家紅瓦平房她認得出五年前也是這個老樣，只差以前旁邊都是空地，現在都蓋了店鋪。如果兒子的家這條石子路鋪了柏油，大溝怎麼沒見了呢？或者把大溝埋掉了？可能是這一條不錯，走走看吧？她彎過去，往前走，一面走一面認，慢慢在生疏中認出了一些熟悉的；這一條路是不錯的，菜園上都長了高樓，兒子的家呢？

麗秋極力追憶來過幾次存留在腦子裏的地形圖；起初抱著孩子走過大溝的竹橋，往菜園中的那幾間房子走；竹屋蓋黑瓦。第一家的屋角有一個老婦人蹲在水井邊，揀洗兩大簍筐的白菜，麗秋趨前問：

「阿婆，請問一下，聽說你們這裏有一家人家只生了一個女兒就不能再生育了，女兒已經小學畢業了，夫婦倆想收養一個男孩。」

「有，有，在第三家。妳這個孩子要送人？」老太婆驚異地看看麗秋懷中的小孩，乾瘦的臉龐擠滿皺紋，眼眶紅紅的，眼頭有目屎，眨巴眨巴打斜著頭瞇成一條縫看人。

「是！」孩子哇哇哭起來，她羞慚地搖搖孩子。

「男的？」老太婆抓起裙裾擦乾手，瞇著爛眼摸摸孩子：「長得很帥。」

「嗯！」

「他們夫婦在菜園裏工作，我去叫。」

老太婆繞到屋後，向菜園裏喊來一對正在工作的中年夫婦：赤脚，男的穿短褲和無袖汗衫，留平頭；女的著一套粗布印花便衣。夫婦倆忠誠中帶一種勤勞過度的長期倦態。

「這位小姐的男孩要送人。」老太婆向夫婦倆介紹。

「是男的？」婦人瞪著麗秋看，給太陽吃黑的面孔，泛著疑惑的神色。

「男的？」男人也趨前問：「爲什麼要給人家呢？」

「……」麗秋瞟一下男人，眼神射一道難言的尤怨。臉頰顫顫的，低頭拍拍懷中的嬰孩。

夫婦倆把麗秋帶到家中讓坐。廳堂像農村的一樣，置一張吃飯用的八仙桌，桌上蓋竹篦編的大圓罩。一邊靠壁，三面擺著長板櫈。麗秋坐在板凳上，孩子哇哇地哭，不甘心做母親的把他抱來給人似的。麗秋站起搖，孩子的音調越來越高，她又坐下板凳解開胸釦，拉出乳頭來塞進嬰兒的小嘴做休止符。

「妳怎麼知道我們要收養一個男孩？」婦人問。

「聽一個在酒家給酒女洗衣的歐巴桑說的。」

「哦！是那個歐巴桑，她給我們買過菜，聽我們說的。」男的說。

「妳要把孩子給人，男人同意嗎？」女的問。

「我沒有結過婚。」

「妳是閨女跟人家有的？」婦人驚訝地看著麗秋。

「不，說實在的話，我是個酒家女，跟客人有的。」麗秋垂下頭摸孩子的頭。跟客人有的孩子才不會讓他出生。

婦人上下打量麗秋，看不出她是一個酒家女；她著一套咖啡色的素面窄裙短外套，臉上沒施一點脂粉，給人一種素淨伶俐的感覺。

「現代醫學發達，煙花女都不會讓孩子出生的，妳沒去……？」

「我本來很想有一個孩子……現在我的環境不好，要上班沒有時間照顧孩子，不得不給人。」

「讓我抱抱。」婦人在麗秋的懷中接過嬰孩，捲起舌頭嗒嗒逗著孩子。孩子喁——唔，喁——唔回應著，清澈的瞳孔柔柔地凝視人。婦人仔細審視著孩子的鼻目嘴，像相士看相一樣，要在他的五官上找出未來的徵兆。

「幾個月了？」男的也趨上去藉弄孩子看他的五官。

「五個多月了。」

「報戶口了沒有?」

「還沒報。」

「那好!我們可以找一位婦產科醫生開一張出生證明報親生的。」男人眉飛色舞,搶著抱他女人手中的嬰孩。

「叫什麼名字?」婦人從她男人的手中搶回嬰孩。

「還沒取名。」

「那我慢慢給他想一個好聽的名。」男人說:「或者把他的生時開給我們,我們去找算命的合他的八字取一個名。」

「我們很喜歡這個孩子,給我們收養後,我們有一個要求:妳不要再來找他,讓他不知道他是個養子,避免長大了有二心。」婦人的眼光徵求麗秋的同意。

「在他還不會認人的時候,我想常來看他;給人收養就不管我放不下心。說一句坦白話,孩子有沒有你們的緣呢,你們如果不疼他,我還是要抱回去的。」

「那當然,一個親生骨肉怎能像解大便,解出來就不管。」

「我們一定會疼他,我們雖然只種菜園,生活是沒有問題的,將來也栽培得起他的;妳儘管放心吧。」女的和她的男人爭著說,語氣有發誓的嚴肅。

孩子就這樣橫下心來送給那對種菜園的夫婦。臨別時摟住他親，淚水淋在孩子的臉上滾動。孩子嗎唔、嗎唔地撥手踢脚。

「小姐，這兩千元補貼妳月子裏的費用。」

那時婦人從房間裏拿出一疊錢，在神案上的香包上撕下一截紅紙把錢包上紅紙後遞到麗秋的面前。

「不，我不是要抱來賣給你們的，我打聽到你們夫婦都很忠厚，才抱來給你們收養的，只要你們疼他我就高興了。」

夫妻倆跟麗秋搶了一陣子。麗秋還是堅持不收。叫他們把錢給孩子買一些日用品和營養補品。光爲孩子醫好那身毒瘡就花去她所有的儲蓄一萬多元，何足看重這兩千元。

孩子送了人，有一種除掉累贅的空盪感覺。離開他的第一夜，半夜下班後躺在床上沒有一點掛煩，但淚水卻潺流了一整夜；天亮枕頭都濡濕了。好幾天整個人都感到空茫不知所適。在客人的面前陪酒，有時傻傻地掉著淚。眼前總是浮起一個農家的男孩，裸著赤黑赤黑的上身，穿一條破爛的短褲頭，拿一把鋤頭在菜園中鋤土；男孩的樣子就是她的嬰兒和他養父交溶而成的。

## 二

麗秋估量著以前常走過的那個竹橋仔的位置；十來枝竹子用鐵絲綁成一排橫過大溝跨在兩旁溝沿當橋。一切都變了，無法去約量那橋的位置；她隨便走進樓間的小巷，希望在小巷的盡頭，樓房的後面，出現一個不同的舊世界——一大片菜園，菜園中有幾家黑瓦竹房，兒子就在他家後面的菜園幫養父拔草……。她躲在樓牆的角隅窺視想念了幾年的兒子。

走來逛去，鑽了好幾條無尾巷，拐出來又走進去，樓巷阡陌，如入迷陣，繞來繞去也是那幾條巷子。這地方約有幾千戶。菜園全部建上樓房了，孩子的家可能搬走了；今生也許無緣一晤了！麗秋靠在牆角歇脚；對過的房子吱了一聲，一個大肚子的少婦打開紗門笨重地挺出來，麗秋走過去問：

「請問，這一帶以前都是菜園，您知道那些菜園人家搬到哪裏去嗎？」

「我不知有什麼菜園，我們搬來的時候都起了房子了，沒有看到什麼菜園。」

「你們的房子是買的，或是租的？」

「買的。」

「建的時候就買的，或是盤第二手的？」

「……」大肚子的少婦似乎埋怨麗秋問那麼多幹什麼，看了她一眼挺著肚子走了好遠才說：「買第一手的。」

麗秋覺得自討沒趣，不好意思再跟上去問。她想到警察局或區公所查一下，但孩子的養父叫什麼名字呢？孩子他們給他取了什麼名字？給他們收養時忘記問問。

每次來看孩子都帶來一份手件。週歲那天，買了兩套衣服，一盒生日蛋糕，一隻金戒指來給孩子祝賀。但養母堅拒不收，懊喪著臉懇求：

「我們不好意思常讓妳破費。孩子會認人了，說一句不客氣的話，我們不再喜歡妳來看他，請原諒我們，這是出之不得已的……」

麗秋傻楞著，血管結凝似的喘了幾口氣；養母陪著笑，低聲說：

「我們看過很多養子，長大後跟養父母不同心。好像養父養母跟養子中間總隔一層什麼似的……原諒我們，體諒體諒我們的苦心；父母和孩子不同心家就完了，對孩子的前途也不好，我們希望不要讓孩子知道他是養子，跟我們同一條心，好好培養他……。」

麗秋瞪著眼死死地看著在搖籃裏睡覺的孩子。

「如果有人要買菜園，我們要把它賣掉，搬到別的地方去住；這裏的鄰居都知道他是個養子。」

麗秋沒聽她說完，拔脚奔出兒子的家，邊走邊擦著淚。

「小姐！」

「小姐……」她在後面叫。

之後，麗秋由南部轉到北部去，不然只要在市內或鄰近的市鎮，兩隻腳一定會不由自主的；不要認也好，可以讓孩子不知道他的生母是個酒家女。

## 三

烈日走上正空了，巷子裏沒有一點陰影，水泥地射著閃花花的反光，蒸上烤人的火熱。麗秋昏昏然，兩脚走得發酸，手掌搭在額前遮刺眼的陽光。這幾條巷子已來回走了六次，她問過五個人都不知道有什麼種菜園的。

這個孩子生下來就註定和母親無緣；出生後未到一個月，被政山的妻子查到了，如果沒有她常來吵，麗秋不會把孩子給人收養。那天她來了，跟政山同居一年多，第一次看到他的太太。

「請問麗秋小姐是不是住在這裏？」

「是。」麗秋一看有不認識的婦人來訪，驚慌得不知所措。

「我是政山的太太。」她不屑地瞥麗秋一眼。矮矮的，頭髮抄上梳蓬鬆型的，著男西服料裁製的花呢套裝；臉蛋很端莊，有一種高傲的貴婦氣質。

「老早我就知道政山在外面有女人，但到現在才被我查出來。」她看著壁冷冷地說。

「……」麗秋低著頭，裝著擺動嬰兒沉睡的搖籃。

「你們眞會躱，也擅於秘密防諜。」她一句緊逼著一句：「如今妳有什麼打算？」

「當初我實在不知道政山有太太……」知道政山有太太時已懷有七個月的身孕了，麗秋覺得沒有辯解的必要，隨便她要怎麼樣。

政山有一種粗線條的男性美，因事業關係常到酒家交際，麗秋認識他後因他說還沒娶妻，他很年輕，愛慕自心底昇起，相戀了幾個月她即離開酒國生涯跟他同居。

「妳必須離開他，孩子我替妳撫養……」她的話如下命令，有不聽我的就要妳好看的神氣。

「……」麗秋眞想丟下她奔出去。

「妳再跟他同居下去，我一定告妳妨害家庭。」

「我已爲政山生下孩子了，妳家也不缺少我們母子吃的，就像請一個下女一樣吧！把我收留在妳家，養這個孩子長大，對於政山我不敢佔有他一根毛。」這樣可以不使兒子與生父母拆散。

「我告訴妳，有妳就沒有我，有我就沒有妳，隨便妳選！」

她悻悻地走了。

政山被他太太駕馭住了，很少再來找麗秋，他雖然很富有，但經濟大權握在太太的手裏，與麗秋同居全部花用麗秋的儲蓄。受不了他太太三、五天就來談判一次；搬了家又開始在酒家上班。孩子寄在鄰居的婦人家，請她帶。

酷熱的午陽輻射三面白灰色的水泥巷，交放乾燥耀眼的碎光，麗秋覺得眼睛很疲勞，走到巷子盡頭的樓陰下避陽光。在三面樓房的後面她發現一塊還沒建築的空地，空地的邊邊有一口古井被荒草遮蓋著，從草縫中可看到長滿青苔的紅磚井乾。麗秋認出這口井是她第一次抱孩子來時，有一個老太婆在旁邊洗菜的那口井。孩子他養父的菜園都蓋滿了樓房了。草地上歪斜幾根竹竿和曬衣架。有一枝竹竿上披滿了尿布。那時候給兒子換尿布，他習慣把小嘴向人噘成一個美麗的圓弧，小瞳仁黑晶晶地望著人唔——唔，唔——唔。兩隻細綿綿的手撥動著，瘦瘦的小脚交換伸踢……有時把尿布上的屎花踢翻了，糊滿整個搖籃的屎；彷彿那竹竿上披的尿布是她孩子用的尿布！

空地上拂來涼涼的風絲，麗秋背靠著牆，望著古井歇息。

決定離開政山後，政山卻捨不得拆夥。要求再瞞著太太同居，奪人的丈夫良心上總覺得負疚，對政山那種事事不負責的行爲也灰心極了。政山賭氣，有一天下午在麗秋上班時竟找來她的新住處，抱去孩子做再和好的人質，深夜下班回到家，一聽鄰居的婦人說孩子被他父親抱去了，一夜睡不著覺。天矇矓亮即硬著頭皮跑到政山的家去叫醒他的太太問。

「他昨天下午乘飛機上北部出差了，誰知道妳的孩子，他也沒抱來交給我。」

不管她高興不高興，進入屋裏找了一遍，孩子眞的沒在她家。

「政山什麼時候回來？」

「我哪會知道他什麼時候回來。」她瞪著惺忪的睡眼懊懊地說。

政山一次出差都是半個月，孩子可能抱去請人養；到政山朋友家到處都沒找到。孩子生毒瘡時政山對他頗感厭惡；總怕孩子會有三長兩短。

第十二天站在住家的樓房平頂曬衣服時，看到隔兩條路的一家三樓平頂披有一竹竿小點花布做的尿布；孩子的尿布也是小點花布做的。

「那是我孩子的尿布。」

麗秋敏感地奔下樓，穿過二條路，跑進那家曬有小花點尿布的樓房。

「找誰？」一個中年婦人擋住問。

「妳家是不是替人撫養一個嬰孩？」

「沒沒……沒有，我家哪有給人撫養嬰孩。」

樓上有嬰孩哇哇的哭聲，麗秋反身蹬上二樓。

「喂！喂！怎麼可以到人家的屋裏來亂闖呢？」

麗秋闖進嬰孩哭的房間：「啊！這是我買的搖籃。」她俯下身抱起搖籃裏的嬰兒偎著喊：「我的心肝。」

淚，瀉在孩子的臉上。

孩子是政山抱來託婦人養的。她是政山的遠親，政山交代她不可讓任何人來抱去。婦人受不了麗秋的懇求，終於允許她抱回去。

一個要天天上班的酒家女有孩子在身邊，實是一個很大的牽掛，而且對孩子不名譽——賺客人生的雜種私生子——他父親又是一個不負責的人；麗秋不得不割愛給人。

麗秋望著竹竿上那些破衣撕成的尿布，祈望這次來伺探孩子，也能像前次尿布引導母子相見的奇蹟出現。

## 四

尿布旁邊的那間樓房後門，發出開門的聲音，博！一個老太婆探身潑出一盆水，麗秋眼睛亮了起來喊著奔過去：

「阿婆，阿婆，阿婆——」

她是麗秋抱孩子來給人時，在井邊洗菜的老太婆。

老太婆瞇著眼看麗秋；只有她沒有變，老花眼仍是紅眼墘，眼頭也糊著目屎膏。

「妳是誰呀？要做什麼？」老太婆搭起手棚仔細認麗秋。

「我是六年前抱一個男孩子來送你的鄰居的那個酒家女。」

「哦！妳是鎮田的生母。我年老了，沒記性，不認識妳了。」

「我那個孩子叫鎮田？」

「是，他們給取名鎮田。」

「阿婆，妳知道他們搬到哪裏去嗎？」

「他們發大財了；三年前地皮猛漲，妳那個孩子的養父把兩分菜園地統統賣給人家起房子。一坪四千元，兩分地將近六百坪，賣了兩百多萬；人家都說那個孩子命好，蔭父母，收養沒幾年就發了大財，像天掉下來的。」

「那他們搬去哪裏？」

「說來說去還是那個孩子的命好；他們賣掉菜園時，運河東人家正在建戲院，他們把錢拿到那邊買了六間店地起店鋪，那時候河東是一片垃圾地，沒有人要買，地便宜的很，後來旁邊又起了兩家戲院，那片垃圾地都蓋了店鋪猛發展起來，熱鬧的很。垃圾變成了黃金，聽說那邊的店鋪一間漲到一百五、六十萬。妳那個孩子他們有六間，算起來有一千多萬的財產；一間自己開百貨行，五間租人家，一個月收入好幾萬，吃十輩子也吃不完！像我們就沒有福氣，菜園早賣，一坪只賣四百元……」

「啊！我的心肝兒子！」麗秋眼淚像雨水那樣掉著，她沒有心情去聽老太婆說自己的事；想像中那個穿破短褲，裸著黝黑上身在菜園工作的男孩，在那麼好的環境下不知會變成怎樣的一個人。

「阿婆，妳知道他們的店名叫什麼？」

「我哪會知道；老年人不認識字。我去過一次，妳去運河東找找吧。很好找，在一家向南的戲院對面，右邊有一列六間店鋪的三層樓就是他們的，第一家開百貨店的是他們自己經營的。」

麗秋問了一些兒子的家的生活情形，因離開三年多了，老太婆知道的不多。她一再感嘆地說：「一切都變了，菜園建了高樓，大水溝加蓋鋪上柏油。變最多的就是妳孩子他們一家，由一個菜農變成千萬富翁；一切都變像猴齊天七十二變，用法術變來的。」

麗秋向老太婆道了謝，興奮地走出巷口，攔了一部計程車直驅運河東的電影街。

## 五

計程車駛進運河東的電影街，兩家高樓聳天的大飯店對峙街頭兩旁的三角地，沿街商店毗連，設備富麗堂皇。當麗秋在這個城市當酒女時，這一帶是全市垃圾轉運站，臭氣四溢；如今三家戲院鼎足而立，歌廳、飯店、遊樂場所、高級商店，一切都起飛了。

麗秋吩咐計程車停在一家向南的戲院門口。第一眼即掃向戲院對面右邊的那列三層樓。她數了一下，正好如老太婆所說的有六間。最末的那間是一家設備豪華的百貨行，招牌從一樓的框沿矗立到三樓頂，掩住二、三樓的門窗。招牌以一藍一黃的寬條爲底，框沿種一行擠擠的電燈泡。浮字斜書「華森百貨行」。自動玻璃門，門框上寫「冷氣開放」。裏面有四、五個女店員；剛過正午，沒有什麼客人。

麗秋在戲院這列店前的走廊徘徊，時時偏著頭向「華森百貨行」看。她要等她的孩子走出來，伺探他長成怎樣了，五年沒見了，毒瘡不會復發吧？懷他時，因性病沒有完全治好，他在肚裏染上胎毒，出生後不久，頭上、背上和手臂長滿荔枝那麼大的毒瘡。紅腫的，白頭的，小的大的，整個頭像禿山上滿是累累的亂石，沒有一處不長瘡癤好躺著睡的。每天抱著他去打針，每天要爲他擠一個多鐘頭的汚膿，和敷藥。一個消了又一個長出來，擠膿擠得令人作嘔；孩子被毒瘡抽得瘦成一隻猴，原以爲他活不了，爲了救治他，爲了減輕那由她染給他的罪孽的負疚，傾出所有儲蓄，把他醫了三個多月，幸而醫好了。

戲院的樓上下墜什麼東西撞上麗秋的頭，她躲開了幾步；一個裝電影膠片的布袋子，在她眼前墜到地上等跑片的人。已經在這裏窺伺兩個多鐘頭了，孩子沒有走出過他家的店門。

麗秋等得心焦了，在戲院這列店鋪蹓躂，看著商店橱窗陳列的貨品來打發時間。走到一家眼鏡行，橱子裏陳列各式各樣的眼鏡。她花了一百二十元買了一隻寬邊墨鏡，對著眼鏡行的鏡子，打開手提包拿出面霜和口紅，把臉厚厚敷上一層白；黃色口紅把嘴唇塗得變了形，濃濃寬寬。戴上墨鏡後連她自己也不認識自己了。她又到帽子店買了一頂寬邊的大甲草帽戴上，帽沿拉得低低的，蓋住眼鏡上的前額；這樣可使孩子的養父母認不出我，到他們的百貨行去遛一下，或許可在店裏看到我的孩子。

麗秋拎著手提包，挺起胸口，造作爲一個活潑時髦的女郎；看了看沒有車子來了，跑過馬路往華森百貨店走。

當她走到華森的門角時，中央的玻璃門打開了，孩子的養母牽著一個六、七歲的男孩悠閒地走出來，麗秋怔了一下，偏過身，一個箭步躲到騎樓的柱子邊，逃過養母的眼光。

麗秋背靠在柱子，偏著頭偷看站在騎樓下的母子。孩子的養母比以前年輕一些，白白胖胖的，不像種菜園時被太陽曬得黑鬼鬼。穿一件變型西裝領的夏季外套，樣子和布料都很講究，但仍掩飾不了她原有的傖氣。孩子長得很挑朗，嘴唇有點像政山，眼睛長長的，鼻子一注而下，很像麗秋，皮膚光滑滑的，麗秋暗自欣喜：謝天謝地，孩子沒有留下我花柳病遺傳給他的罪孽。

養母牽著孩子，散步似的走到路邊，看到柱子邊鬼鬼祟祟的麗秋，瞟了一眼；麗秋條地別過頭，一轉身若無其事，背向他們而走。

經過六、七家店鋪，假裝看橱窗裏陳列的貨品，躲在人家的店口。探頭窺伺相牽的母子：孩子跟養母走過隔壁跟店員們聊天，稍停即回到他們店裏。

積鬱了幾年的想念，全部像乍開的水閘一瀉而下；淚水整串整串地掉著。

她隨後走回華森百貨行的門口，躊躇著，怕被養母認出，不敢進去。往前遛過七、八間店鋪，有一家玩具店，陳列一屋子大大小小的各式玩具。她買了一個電動小火車，想等孩子單獨出來時送給他。

她拿著包裝著的小火車在戲院那列店鋪的騎樓下繞來繞去。

——鎮田你命好，媽媽多麼高興！你遇到了一進去就節節進展的家。

夜一來臨，電影街浸在一片艷麗跳動的燈海裏，人羣潮湧地川流著。

孩子一直沒有出來過！

麗秋兩隻腿有木棍那麼硬直了，望著客人擠得滿滿的華森百貨行暗忖：孩子你如能出來叫我一聲媽媽，我即刻死了也情願。假如我用小火車誘導你叫我一聲媽媽，你也不會知道你所叫的是你的眞媽媽！

孩子出來吧，媽媽等你好久了。你知道媽媽多麼想念你，出來讓媽媽再看一看你吧。

孩子！出來吧！媽媽買了一部電動小火車要送你。

她投宿在戲院旁邊的一家旅社，如果沒有等到孩子單獨出來，把小火車送給他，她不想回去！

——原載一九七〇年十一月《青溪》月刊四一期

# 低等人

蟾蜍皮的老廢仔——癩蝦蟆老頭——董粗樹，並不是他老不休想吃天鵝肉而被稱爲蟾蜍——癩蝦蟆的，而是他的皮膚眞像蟾蜍皮。也許是經年與垃圾混在一起，皮膚與垃圾的髒起了什麼化學作用吧？一粒一粒大豆大的蟾蜍疣，粗糙不平。膚色混混沌沌，黑銹黑銹，永遠洗不乾淨似的；可能是垃圾髒色的滲透。乍看會給人驚覺他的皮膚是蟾蜍皮移植過來的。他瘦瘦的，兩頰凹成兩個癟癟的乾窟，老花眼飛進了垃圾塵灰似的，老是睜不開地瞇成一條縫，縫中的黑瞳快要被白翳網盡了；白霧白霧，楞楞無神。拖垃圾形成的職業體格，走起路來雞胸向前傾，屁股向後翹。兩隻內撇的彎弓脚使兩膝中形成橄欖型的空間。一步一蹣跚，宛如一隻跳不快的老蟾蜍——癩蝦蟆。

粗樹伯在宏興新村拖垃圾，宏興新村是宏興公司的員工宿舍，擁有兩千多戶的住宅。四周圍一道高高的磚牆，牆上插有玻璃碎片。社區內有公司的俱樂部、電影院和各種球場等等的娛樂設施。粗樹伯每天像老牛拖車，拖著垃圾車在圍牆內打轉，挨戶清除每家門口的垃圾箱。宏興公司的員工和住宿舍的眷屬們一、兩萬人，差不多每人都認識一個拖垃圾的蟾蜍皮的老廢仔——癩蝦蟆老頭。

粗樹伯常向人說：公司有萬餘個員工，最高職位的是董事長、總經理、各廠廠長等高等人；最低職位的是他董粗樹一個，教養好的人看到他都會捂著鼻子閃過垃圾車快步走開。他自認是最下賤的低等人，只高乞丐一級，甚至是宏興公司的乞丐，拖著一車垃圾挨家挨戶清扒垃圾箱，並向人求乞——喚人家拿垃圾出來倒進車裏。

低等是低等，他很樂意他的差事，在宏興公司拖垃圾，一拖拖了三十年，三十年來雖然賺錢很少，生活窮困，日子過得倒很快樂，父子倆平平安安的沒有生過大病，可能是老天疼憨人吧？老父九十二歲了還很健康。唯一嗟嘆的就是未能升正工，三十年了！三十年了，宏興公司年資比他老的早都退休了。但他是臨時工，年資沒有用，有一百年的年資也是臨時的，不像正工到了退休年齡時，拿年資來算退休金的基數，臨時工沒有退休制度。

粗樹伯家住距離宏興公司十多公里的鄉村，他家鄰近的兩、三個村莊在宏興公司的工廠工作的有六、七十人，宏興公司每天有交通車接送上下班。但公司不發乘車證給臨時工，他沒有資格乘交通車。其實，其他沒有乘車證的臨時工，也與正工們一樣乘交通車上下班。偶爾查票員上車查票時，向他求求情。查票員大多能通融過去。但粗樹伯不敢乘交通車，遇到查票員查票時，他無言可對，瞇著白霧的老花眼尷尬地笑了笑，自動下車步行回家。最使他難堪的是他一上車，就有人捂住鼻子，他坐的座位周圍的幾個位置，沒有人願意坐，大家寧願跑離他較遠的地方去站著。他知道身上發出的垃圾臭味給人難受。整天跟垃圾混在一起，沒有辦法不沾上臭味。他的衣著也是獨特的，穿的是人家不要的破舊衣服，不是沒有領子，就是沒有袖子，不是人家給的，就是從垃圾箱撿來的。頭戴一頂破斗笠，加上黑銹黑銹的蟾蜍皮，車裏就有人向外吐痰。

除了颳颱風、下大雨沒有辦法走路，硬著頭皮乘交通車之外，平時他都走路上下班，他不會騎脚踏車，年輕時想學騎，那時脚踏車貴，家裏從來沒有那麼多的錢好買來學。等到脚踏車便宜後，年紀已經大了，骨頭柴硬，學了幾次都學不會，慢慢失去了學騎的興趣。

每天上班走兩點又十分鐘的路，下班多挑一些從宿舍樹林撿來的乾樹枝回去做柴火，或是字紙破布、瓶瓶罐罐回去換三、四塊煙錢，多走五分鐘。三十年來同他們乘交通車的員工先生們一樣過日子，也不會走少了一隻腿或是把脚走短了。

粗樹伯沒有結過婚，鄉下人沒有一壠一犂的種植之地，且生性遲鈍，缺乏賺錢的才能，年輕時跟他父親做散工度日子，那時託媒人說親，都未能成功。三十二歲那年母親患胃出血逝世，埋葬費使他和父親背上了一筆債，三十五歲進入宏興公司做臨時工拖垃圾，三年後他父親年老眼瞎無法謀生，他以臨時工微薄的收入奉養和攤還埋葬母親積下的債。這段時間有人介紹一個寡婦給他。寡婦帶有一個男孩，同居了兩個月，嫌日子過得窮苦，帶著男孩下堂求去。之後，年紀漸入中年，再也沒有結婚的機會。

天還沒有亮，粗樹伯就起床。十幾年前沒有錶，他都以雞啼來估量起床的時間，現在手腕掛著錶，醒起來時看看錶，都在三點五十分左右，極差也差不了五分鐘。得到錶是他一生中罕有的得意事。那次大清掃被派到副廠長家裏工作，在清掃廢物堆時掃到了一隻錶，外殼和錶帶白閃閃的，錶面有點發黃，錶針停著不動。他拿到副廠長太太的面前要還她。

「那個錶一兩年不用了。上發條的，他們都喜歡自動的，丟掉算了。」副廠長太太說。

「丟掉不如給我。」

「好吧，你要就拿去，修一修還可以用。」副廠長太太拿出二十元遞給他：「今天你來忙了一整天，二十塊錢拿去請人修錶罷。」

他拿到鐘錶店去，修錶的師傅說：這隻錶是世界名錶，沒有壞，洗一洗就可以了。

不愧是世界名錶，他掛了十幾年只再洗過一次外，從來沒有壞過，時間又準得很。碰到人家談起錶的事，他就得意地敍述他這隻錶的光榮來歷。

他起床的第一件事洗米煮早飯，柴火是拖垃圾順便撿回家的，三十年來從來沒有買過柴火，光這一點拖垃圾的工作就使他滿意，一直留戀著不想另找較好的工作。

利用燒飯的時間，洗他自己和他九十二歲老父的衣服。晾好衣服之後，吃過早飯，裝好便當已經四點半了。準備好他父親午飯和晚飯要煮的米和柴水，好給老人家摸著煮。老人家雖然已經老得神智模糊的地步了，摸著煮父子兩人的簡單的飯，卻沒有差錯過。

四點四十五分粗樹伯拿扁擔挑著一個撿破爛用的麻袋，開始步行兩個鐘頭的路程上班，路途迢迢，時間估量好好的，在路上不能有所怠慢，否則就遲到。他早上加一個小時的班，七點前必須趕到公司的宿舍。

常有人向粗樹伯說：

「粗樹伯啊，你每天走路到宏興公司當拖垃圾的臨時工，賺個二十出頭，實在講，不夠來回兩趟走四個多小時路的工錢，公司有交通車接送，你怎麼不搭車呢？」

「我喜歡用走的，早晨四點多鐘開始走，運動運動。你看我從來沒有生過病，偶有感冒，喝一碗熱粥，蒙住被發發汗就好了。這就是我走路多，運動夠，筋骨壯的緣故。」

粗樹伯從來不向人訴苦，好多人說他很可憐，六十五歲，無妻無子，還要養一個九十多歲的瞎眼老父，每天又走那麼遠的地方去拖垃圾。

「有什麼可憐的，做人本來就要做，別人不做的拖垃圾工作我來做，一天二十來元我們父子倆能夠過活就好了。賺那麼多錢還不是花掉。」

粗樹伯從未覺得自己可憐。他常想：若不是我粗樹伯，換個年輕的誰能一天走四個鐘頭的路上下班呢？他甚至擔憂有一天他拖不動垃圾，公司能否雇到一位同他一樣的低等人來接替他的職位；時代進步了，宏興公司新進工人最低程度也有高中畢業，近年來已沒有人在穿補過的衣服了——除了我董粗樹之外。年輕人有的連田都不樂意種了，誰願意拖垃圾呢。

粗樹伯走到宿舍大門口時，一輛市政府衛生局的垃圾車叮叮噹噹、叮叮噹噹飛馳而過。他駐足看它轉過彎，羨慕地自語：「有一天我也能成爲乘汽車工作的汽車階級。」

半個月前的一個早晨，他拖到總工程師家門口淸除的垃圾箱，總工程師剛剛起床，穿著睡衣在外面散步，好奇走過來問粗樹伯：

「你年紀這麼大了拖垃圾拖得動嗎？」

「還，還可以。總工程師。」

「時代進步了，垃圾用手拖已經是落伍了。」

「是……是！」粗樹伯心臟狂跳，臉色發白，總工程師一說落伍，他擔憂必被解雇。

「等一下上班，我下令你們主管申請購買一部加蓋的垃圾汽車，等垃圾汽車交貨後把垃圾箱統統打掉，每戶發一個垃圾桶，每天車子巡迴經過時，每家自動拿出來倒。到時你就隨車工作，不用再辛辛苦苦地拖了。」

粗樹伯暗自高興，等交了車就站在汽車上的車蓋旁邊喊人家倒垃圾就可以了。車上的音樂叮叮噹噹，站在上面多神氣，我董粗樹不也是坐汽車工作的汽車階級了嗎？

他時時在盼望交車的日子快一點到。

粗樹伯進入工寮，放好便當拖出垃圾車把車繩揹上肩，雙手拉著車柄步入宿舍的道路，開始今天的工作了。

垃圾車繼續昨天清除好的下一個箱子拖下去。第一家停在姓劉的職員宿舍的門口。他拿著鐵耙子和畚箕走到屋前的垃圾箱旁，打開蓋子，把垃圾扒進畚箕裏，當鐵耙往上翻時，轟！一堆血淋淋的衛生紙像萬道紅劍光乍然出現！

「今天第一家就扒到女人的紅劍光，可能會有霉運來臨。」他自語。

奇怪！劉太太的月信並不是今天來的，何以他家的垃圾箱會有紅劍光？他駐足想了好久，才想出可能是劉太太讀國中的大女兒第一次來潮。那個小丫頭也成人了！眞快！

他記得她出生時，胞衣還是叫他拿去埋的。劉太太很大方，紅包包了四十元，彷彿經過沒幾年，小丫頭就吐紅劍光了。我是老了！我是老了！他趕快把垃圾車拖離劉家。

三十年來凡扒到有紅劍光的垃圾箱就覺得那家不乾淨，充滿晦氣。但是每天總會那麼規律地扒到幾個吐紅劍光的箱子。日子一久，哪家的太太哪一天吐紅劍光，只要是她習慣把血淋淋的衛生紙丟進垃圾箱，粗樹伯都能背出日期來。前些年，太太們生孩子胞衣都請他拿去埋，每月多多少少有幾包埋胞衣的紅包可賺。這幾年來，生孩子都跑到婦產科生，再也沒有紅包可賺了。他常想，如果每個把紅劍光的衛生紙丟進垃圾箱的太太，都能意思意思，包個小紅包壓在垃圾箱的蓋子下，給他扒垃圾的壓壓晦氣，那他每月必能多出一份可觀的收入。

……車子拖到第二家姓黃的，黃太太喜歡打牌，整日不在家，先生出差時她就自由了，孩子中午放學回家，不但沒有飯吃，連門還鎖著。第三家的吳太太是標準的太太，家事完全自己操作，前院的花木修剪得整整齊齊，後院的草皮從沒讓雜草長起來。可是人囉嗦的很，垃圾箱沒有清理乾淨時，就挨她罵。第四家的黃太太擅於管丈夫，黃先生生性風流，常瞞著太太到舞廳跳舞。有一次早晨上班時順便攄出一雙高級皮鞋藏在垃圾箱裏，預備晚飯後穿拖鞋出來假裝散步，再躲到垃圾箱邊換鞋，好溜上舞廳跳舞。結果被粗樹伯清垃圾箱把它清掉了，黃先生說：他那雙鞋子五百多塊買的，剛穿過一次，不注意掃進垃圾箱，粗樹伯貪心，清垃圾箱清到不拿出來還，要粗樹伯賠。從此宿舍區的人把粗樹伯看成一隻貪心的老蟾蜍，有的一隻破臉盆丟了也要賴粗樹伯清垃圾箱時順手牽羊。

粗樹伯拖到路尾時，環境管理班的領班從路口迎上來問：

「粗樹，昨天課長要你今天早上把應拖的垃圾拖完，下午幫忙掃路，整理環境，明天有人來參觀宿舍區，你不是答應他了嗎？現在快十一點了，才拖到這裏！」

「我只是給他說是是，我沒有答應他呀！一天清除多少箱子那是一定的，怎麼能把一天的工作在半天內做完呢？」

「你做不出來就不要說是是，既然說出來了就得做出來。」

「課長年紀輕，火氣大，下命令像機關槍，卡卡卡一直說下去，不容人家回嘴。我也不敢回嘴。」

「他向你說：董粗樹我幹你娘，你也只會回答：是，課長！你幹我娘？」

粗樹伯不理他，兀自拖著垃圾車往前走。

他把車拖進甲級宿舍區，甲級宿舍都是董事長、總經理、廠長、副廠長……等大頭人物住的。這個地方豪華寧靜，出入的人都以轎車代步。粗樹伯每次拖進高級宿舍，就能聽到幾次打麻將的高貴聲音。這些高貴的太太們，家事有下人料理，無所事事，不得不靠打牌過日子。

甲級宿舍區的垃圾箱，內容比較豐富。粗樹伯能在裏面撿到可穿的衣服，還有可換錢的東西。那些人家有的是錢，小孩子的玩具，小三輪車等，不玩了就往垃圾箱裏扔。還有舊報紙、舊簿子、舊書，他們嫌麻煩，不載出去換那麼錙銖幾塊錢，外面收破爛的又不能進入宿舍區來收，他們乾脆整綑整綑地把它丟進垃圾箱裏；粗樹伯一清理到高級宿舍區時，多多少少總有些收穫。

十一點半，粗樹伯把垃圾車拖回休息的工寮，烈日炎炎，他喘著把車子拖到工寮邊的樹蔭下，脫下斗笠來搧風乘涼，裝破爛的麻袋，裝的鼓鼓的，他把斗笠吊在手把上，雙手把麻袋包提下車。

「董粗樹！這麼早你就休息了。工作不認眞做只顧把你的麻袋裝滿。昨天叫你把一天的工作半天內趕完，你還是照樣慢慢呑呑。明天不要來上班啦！」

課長聲如驚雷轟著他，他才發現課長站在工寮的門前，顫抖著瞇著小縫眼看課長。

「是，是……」他慌張地拖起身邊的垃圾車走回宿舍區。

……明天不要來上班！明天不要來上班！粗樹伯心酸地低著頭，蹣跚地拖著垃圾車，他不了解現在他拖著車要出來做什麼。正工有保障，他就不敢這樣子趕了。粗樹伯覺得這個年輕的新課長視他如呼之即來、揮之即去的老廢物。以前那個老課長就仁慈多了，曾向他說：

「你年紀這麼大了，還能拖得動垃圾嗎？早晨天氣涼快，工作認眞一點，十一點半可以休息吃午飯了，不要拖到十二點下班，那麼大的太陽。」

同樣十一點半休息，老的可以你新的就不可以。粗樹伯心裏嘀咕著。三十年前我來宿舍區拖垃圾你還沒出生，現在竟趕起我來了！

三十年前這位新課長的父親是第一廠的技工。粗樹伯每天拖垃圾經過他家門口時，他的母親挺著肚子在院子裏洗衣服。他出生那一天早上，他母親照樣在院子裏洗衣服，忽然肚子裏的孩子動了幾下，竟把一隻脚伸出母親的體外來，繼之另一隻也伸了出來，還沒有生過孩子的年輕母親意會到可能孩子要出生了，慌張地站起來想奔進屋裏，嘩啦！羊水和孩子的身體瀉了出來。孩子的頭吊在媽媽的肚子裏還沒下來，整個身子在母親的兩股間晃蕩晃蕩的。

「拖垃圾的！拖垃圾的！」

粗樹伯聽到女人的急叫，奔進院子裏，年輕女人雙手按著肚子掙扎，嬰孩赤露露地吊在裙子中間晃蕩。

「我不知怎樣，肚子也沒有痛孩子就掉下來了。」年輕女人顯得不知所措：「你到隔壁給我叫金太太來，再去宿舍外替我叫個助產士，順道跑進第一廠叫我先生回來，拜託你，拜託你。」

喊來了金太太，年輕女人還沒走進屋裏，嬰兒掉在玄關上哇哇哭！

那時，他的父母包一包不算少的紅包酬謝粗樹伯的幫忙。

人家說：腳先出來，倒踏蓮花出生的人比較聰明。三十年來粗樹伯經常拖著垃圾經過他家，看他出生，看他哇哇哭、吃乳，看他呀呀學語、搖搖學步。看他小學、中學、大學一級一級讀上去。看他進工廠來，看他升為課長，現在看到他調到自己的課來趕他：

「明天不要來上班啦！」

你趕你的，我明天照樣來上班。粗樹伯回頭看看，年輕的新課長已經走了。他又把垃圾車拖回工寮休息。同樣是三十年，他由出生長大，大學畢業後進廠五年就升為課長，而自己呢？三十年前拖垃圾，三十年後照樣拖垃圾。粗樹伯拿下頭上的斗笠一搧一搧地嘆息著。

「近來運氣不好，常挨上面罵。看樣子以後還會更晦氣；今天頭一個箱子就扒到第一次吐出的紅劍光。幹伊娘咧！」粗樹伯步入工寮拿出飯盒和筷子預備要吃中飯了。

五月底，粗樹伯接到人事室的解雇通知。他到七月中旬年滿六十五歲。按公司規定，一般正式工人年滿五十五歲即可申請退休，最多不能超過六十歲。臨時工沒有退休制度，最高不得超過六十五歲。

「公司不要我了？」粗樹伯拿著通知單不覺茫然：「我眞的老了嗎？不適合於工作了？」彷彿從昏迷中甦醒過來，站在垃圾箱邊出神地眺望遠方；藍天向遠處的宿舍的圍牆彎垂下去，雲絮浮遊。兩行乾澀的淚，慢慢滴在粗糙的蟾蜍疣皮的臉上滾動。

「粗樹，粗樹。」

粗樹伯發現有人叫他，回頭一看，是族弟董明山。

「粗樹，你手上拿的單子是不是退休通知，我昨天也接到退休通知。」

「臨時工哪有什麼退休不退休，是一張趕人走的條子。你們正工好，可領十幾萬退休金。」

「我剛滿五十五，還可以申請再幹五年。」

「你慢我十年進廠，運氣好，只幹一年臨時的就升正工。像我幹了三十年，還是臨時工。」

「你進廠後，應該轉調到工場去學技工的工作，頂慢十年八年也有升的機會。」

「唉！沒有人事，也沒有背景，叫誰調呢？一生就這樣完蛋了。我如果也有退休金可拿那多好，只要有你二分之一就可以了，二十年前我們老課長曾爲我寫簽呈要報升正工，但組長不准，他批拖垃圾的採用臨時工就可以了。我的命運在組長的筆尖下劃了幾個字就定死了，一輩子沒有翻身的機會。」粗樹伯脚痠手軟，不想再拖到別的箱子去淸除了。

「總工程師再一年就滿二十五年，年紀雖然還輕，但再過一年就可申請退休了，明年就可拿五十多萬的退休金，但他已辭職不幹了，八月底離職到新加坡一家新建的工廠當廠長。人家五十多萬快到手都不想要了，你就像總工程師一樣罷，不拿他一毛錢就離職。」

「人家總工程師一個月薪水一萬多塊，我一天只二十幾塊；他是自己不要幹，我是人家不再給我幹，怎麼能跟人家比呢？」

「誰叫你出生時不摸摸大門圈的人家再進去投胎。如果你小時候是有錢人家的子弟，多培養你讀幾年書，現在不一定也是了不起的人物。」

「說那麼遠幹什麼。二十年前我們老課長給我報升的簽呈我們組長如果肯簽一個准字，那麼我後半輩子的生活就很好過了，現在也有退休金可拿！」粗樹伯咬牙切齒，恨死了那個組長。

「算了，他們再好也是過一生，我們再壞也是過一生。人生以服務爲目的，你董粗樹拖垃圾是爲宏興公司服務；他們什麼長什麼長也是爲宏興公司服務。」

「人家出門坐轎車，在辦公廳裏大多是看報紙『哈』燒茶，偶爾才看看公事動動筆尖。像我呢？工作起來就是全身總動員，也整天都在工作。」

「誰說不是，你和總工程師一樣偉大！」

「說實在話，公司裏那些什麼長的工作，叫我們來做，我們當然是做不來，不過我拖垃圾的工作叫他們來做，他們也一樣不會做，其實是各有所長。但像我這種低等人所做的事是人家不願做的，拿的錢也是最低的價錢。」

「你不會做是你不會做。假如總經理或是廠長來讓我做，我自信能做得起；有那種地位就有那種知識，了不起多請一、兩位專家來當祕書。」

「你少吹些好不好？」粗樹一向看不慣董明山那種蠻有信心的神態。

「不是吹，問題是你有沒有那種命，人家給不給你而已。不要把公司那些大頭人物看得有什麼了不起；只是他們的命好而已。你董粗樹如在三十年前到宏興公司來，不要你拖垃圾，讓你在總經理身邊倒茶整理公事，三年後讓你幫總經理蓋章處理一些不要緊的事項，再三年後讓你跟總經理學做總經理，不要八年你也是挑得起大樑的大人物。皇帝的頭胎兒子，一出生就註定他是未來的皇帝；瞎眼乞丐的小孩註定要牽著他的瞎眼老爹到處叫化；你要當皇帝，問題在於你出生時，是不是從皇后娘娘的肚子裏第一個跑出來。」

「雖然如此，但個人的奮鬥也有關，不也有很多白手成家的人？我們沒才能所以無法跳上天。」

「這是他出生的種子是大樹的種子。不然小草怎麼奮鬥也無法成大樹，因爲它先天的種子就註定它是小草。所以說你董粗樹清除一個垃圾箱，跟他總工程師建造一座工場有同樣的價値。他做他的工，你做你的工，同樣做工求生，一律平等。全宏興公司萬餘個員工，我認爲你董粗樹最偉大。一天上下班走四個多小時的路，來做沒有人願意做的事，而且只賺個二十來元。」

「好了，你有一筆退休金到手了，少笑弄我，我才不聽你的。」

「沒有退休金有什麼關係，生不帶來，死不帶去，年紀大了同樣再沒有多久好活。」

董明山走後，粗樹伯好像得到一些安慰，心胸舒坦了些。村子裏和宏興公司只有董明山看重粗樹伯，他人又重義氣，常常接濟粗樹父子倆。

下班後粗樹伯爲要多賺幾個錢，報加一點半鐘的加班，加完班太陽已經完全下山了。沒有日頭走起路來比較涼快。路途遙遠，兩個多鐘頭的路程走到半路天就黑了。今天接到解雇通知，步伐凝重，人也困乏。還有一個半鐘頭的路，他提不起精神再走了，在客運的候車亭歇息了一會兒，客運車來時，他從口袋裏摸出了一塊半遞給車掌，搭車回去。

回到家他父親在厨房摸著把飯菜捧上小桌，粗樹伯打水在屋外盥洗，他坐在小櫈子上雙脚伸在水盆裏出神。

屋裏五燭光的小黃燈泡亮著昏暗的光，老人坐在破板釘成的小桌前等他兒子進來吃飯。

「粗樹啊！怎麼洗那麼久呢？快來吃飯啊！」

「我不吃，你先吃罷。」

「敢是身體不舒服，上藥房買兩顆藥吃吃看啊。」

「沒有什麼。」

「那為什麼不吃飯呢？」

「吃不下。」

「多多少少吃一點吧，發生了什麼事嗎？」

「沒有，沒有。」粗樹伯怕他父親起了什麼猜測，匆匆站起來進入廚房端飯上桌邊坐下。

老人聽到兒子端好了飯，摸起筷子捧上飯來扒。

粗樹挾了一口飯送進嘴裏嚼著，白霧的眼睛楞楞地注視著父親。老人眼凹頰凹，缺乏牙齒的嘴巴癟癟歪歪地磨嚼著飯。皺紋一溝一溝滿臉縱橫。瞎眼微闔，筷子要挾菜時，先往菜碗裏輕輕點了兩下，試探著是否啄上了菜。菜很省，一碗飯一小塊拇指大的冰魚就吃完了。沒有買菜時，攪些鹽，喝兩口隔天的鹹湯也吃飽一頓飯。

粗樹伯擔憂他被解雇後，無以養活他的父親。九十多歲的老人家，一生從未有過富裕的一天。兒子又沒出息，幾十年來拖垃圾賺的臨時工的錢，只能維持過著窮困的日子。兒子六十五歲了，也年老了，且無一子半媳可依靠。

老人吃飽飯後，又回到他的床上躺著。粗樹一碗飯只扒了兩口，他把它倒進飯鍋裏，預備明早摻進稀飯裏煮。

六月二十日是宏興公司成立紀念日。按慣例這天早晨舉行慶祝紀念會完後，全班人員乘車到宿舍區的歷年爲公司殉職的員工紀念祠舉行追悼儀式悼念。

殉職紀念祠建在宿舍區的一塊荒地中，各單位的代表在紀念祠排好隊伍時，粗樹伯正好拖著垃圾車在附近工作，他站在東邊的一個垃圾箱旁看儀式的進行。總經理爲主席，各級主管都出席參加。奏樂、鳴炮、上香、獻花，全體人員低頭哀悼，行三鞠躬禮。粗樹伯被這簡單嚴肅的儀式感動得流下淚水。等人員乘車而去後，他佝僂著走到紀念祠前雙脚跪下來禱告：

「宏興公司列位殉職的同仁們，我董粗樹三十年前進入公司爲拖垃圾的臨時工，你們在生時都認識我的。我今天很羨慕你們爲公殉身的精神，請諸位英靈保佑我，賜給我一個像你們一樣的殉職的機會。我將被解雇，臨時工沒有退休金，又無依無靠，無以爲生，我需要一點撫恤金來養活老父。在這十幾天內賜給我機會，我到九泉地下願繼續爲各位拖垃圾效勞。」

粗樹伯拜了三拜，開始想用什麼方法來使自己在半個月內殉職。他一一回憶那些殉職人員罹難的因素。兩個在變電所操作時不慎被高壓電電死的！一個築造工場時不慎摔下而死；三個在廠內鍋爐爆炸時被炸死的；還有……還有公事車禍死的；還有……上班時間內在辦公廳腦溢血所謂積勞殉職的……。

死！殉職的死，有撫恤金可領的死，侵入粗樹伯時時刻刻的思維裏，他一直在找適當的機會。同樣工作了二、三十年，別人有一批退休金可領，而自己平時領的錢不及人家的一半，到時候又空空而去。年輕力壯時以臨時工低廉的價錢全部賣給宏興公司，年老了，缺乏謀生能力，與其在家挨餓等死，不如死得「有價值」一些，讓老父領一點撫恤金，好寬裕地過他的殘年。

入夜，粗樹伯坐在他父親的床頭向他說：

「阿爹，我也老了，這幾天我一直覺得說不一定我會比您先走。假如我先走了一步請您原諒我，我會叫明山他們照顧您。」

「閉嘴！」老人爬起身來靠著床架坐著：「你發瘋了？我這麼老還不死，已夠歹命了，你怎麼講這種顛顛倒倒的話！」

「年紀大了，要發生什麼變化很難預料，我是先講出來做個準備。」

「假如你先我走了，那老天眞像我一樣的瞎了眼睛。」

粗樹伯走出後門，步入董明山的一家，董明山夫婦正好坐在客廳裏看電視。董明山拿出一把椅子讓他坐，他坐下跟他們欣賞電視，電視做到換廣告節目時，粗樹向明山說：

「我覺得我會比我爹先死，萬一這種不幸實現時，我爹的生活，希望你能照顧他。」

「你在夢囈是不是？」明山問。

大家爲他突如其來的話笑了笑。粗樹伯暗忖，半個月內讓你驚訝我不是夢囈。

環境服務隊要整理第二廠各工場的環境衛生。粗樹伯爭著要參加，他想利用來找殉身的機會。

各工場的安全設施都很周到，粗樹伯找不到機會好在工作中置身於死地。

聽說化學藥品室有好幾種工業用的藥品，有極毒，淋在身上可以致死。粗樹伯清除到化學藥品室門口的水溝時，拿下斗笠，假意進入室內休息，室內沿窗口放置兩排藥瓶，他不知哪些是有毒的，哪些是沒有毒的，他看了好久，想來一個假摔倒，全身一伏，掃倒一、二十瓶，讓藥水淋上身，總有一瓶有毒的吧？

眼前有一把橈子，他碰倒了橈子，身子前傾踉蹌著，刹那間來了一把力量把他拉開，他跌倒在沒有瓶子的地上。

「你想死是不是?如果不是我拉得快，你撞倒那些瓶子，命已經完蛋了。出去!出去!清水溝怎麼亂跑進室內來?」年輕的工作人員嚇得臉孔發青。把他扶起來推出門，把門關上。

第四天在工場輸製成品的管線下打掃，他渴望頭上的鐵管會忽然爆炸把他炸死。第六天清除變電所附近的水溝，這裏最容易找到死的地方。工業用的大電，只要藉清水溝沒有注意到，一觸及電源即能啪啦一聲發火把人燃成黑炭。

變電所的水溝邊，矗立一個一個哼哼的大電桶。四周用細格的鐵網圍得高高的。「高電壓，危險」的牌子每邊掛一個。危險!危險!越危險越好，他手拿著圓鍬挖污泥，身子斜過去碰危險、危險的高電壓的鐵網，但是一點也不危險，鐵網上沒有電流傳過他的身上，好啪啦一下就把他電死。他缺乏電流的知識，不知牌子寫的「危險」是指哪一點。於是想伸手進去摸摸電桶，但鐵網的格子太細，手伸不進去。

找了好久，他才在水溝邊找到一支三、四尺長的粗鐵線，抓住一頭，另一頭伸進鐵網裏想碰碰電桶和電線接連的地方試試看。快要碰到了，手索索抖起來，顫慄從脚底波及頭頂;鐵絲掉在鐵網裏，他反身坐在草地上嘆息。

他發現有一條水溝從巨大的機房裏穿過去，機房裏都是嗡嗡的變電機器。「往這條溝進去就有機會。」他拿圓鍬從外面挖污泥，慢慢挖到屋裏的機械邊。「高電壓，危險」機械壁上的每一個紅字斗笠大。他怔了怔稍停了一下，又彎下身挖進去，心想這一下子再也跑不掉了！

「喂！出去！出去！機房裏的水溝我們自己清，外人不可進入。」帶著手套的操作人員跑過來擋住他再挖進去。

工場的環境清潔工作一共做了八天，粗樹伯沒有碰到殉職的機會。

眼看離解雇日期只有二十幾天，機會已經不多了。每天拖垃圾經過紀念祠時，他必定站在祠前祈禱：「諸位爲公殉職的同仁們，祈求你們英靈顯聖，賜給我機會吧！」

再一星期就到解雇的日子了，粗樹伯認爲可能他命不該絕，總是找不到機會，他已死了這條殉職的心了。

垃圾車在高級宿舍區的大路拖著走，後面「嘟、嘟」急響著汽車的喇叭聲，他回頭一看，是公司的轎車。匆匆往右邊閃開。垃圾車的右輪衝上路邊堆放一堆正在建築樓房用的石子，車身往左邊傾斜，他靈機一動，順傾斜之勢把車子用力一扳，人和車翻倒在路中。遂即「碰！」一聲，連續響起令人毛骨悚然的急煞車，垃圾車被撞到水溝邊，一輪在水溝裏，一輪在水溝上半傾倒著，垃圾迸散滿地。轎車的前右輪輾過粗樹伯的肚子。

司機和總工程師奔下車把粗樹伯從車底拉出來。粗樹伯不省人事，腸肚迸出肚子外，地上濺散著血和屎尿，兩隻脚一踼一踼地掙扎著。

總工程師和司機把他抬進車座，撕下座套綑紮他的肚子。

「開往市立醫院！快！」總工程師急促地喘息。

車子飛馳到半途，粗樹伯在總工程師的懷中甦醒過來。

「總，總工程師……垃、圾、垃圾汽車，快要進、進、廠使用，哦……我……我看不到。」

「我一定叫醫生給你醫治好。」

粗樹伯感激地看著總工程師暗想：你再一年就能拿到五十多萬的退休金，但你不要，將辭職另就高位；而我是不甘把三十年的生命以臨時工的廉價工資賣給公司，且年老，空空而去，想要拿公司五、六萬元撫恤金養活年邁的父親而藉故殉職……。

這是我一生所做的最成功的一次。粗樹伯在逐漸昏迷中綻開一絲痛苦的微笑。

董明山把粗樹伯的死訊告訴他父親時，老人家暈厥過去。被叫醒後雙手亂摸著站起來哈哈大笑。

「我的粗樹高升了，他一生最希望的是能升正工。他升了，他升了，哈哈，哈，他升了！」

「粗樹啊——你升正工不要阿爹了。你這個不孝子啊！你升正工就自己去過好日子，不要阿爹了！阿爹要依靠誰呢……」老人笑後伏在地上慟哭。

一切善後均由董明山處理。公司出錢公葬，公祭由總經理主祭，各單位派代表陪祭。

祭壇設在粗樹家東邊的一塊空地上，樂隊奏起哀樂時，老人摸出草屋站在門口，瞎眼向哀樂傳來的方向硬睜著，看不見什麼，只好側耳細聽。旁邊的人扶他進去，他問：

「怎麼那樣熱鬧呢？是我粗樹結婚吧？啊！對了，今天是我粗樹娶妻的大日子，哈！哈！我粗樹能幹，他爹沒有能力給他娶妻，他自己賺錢自己娶。哈！哈！哈！哈！我粗樹眞能幹，我快要有孫子可抱了，你們爲我高興呀……。」老人被鄰人硬拉進屋裏。

翌年六月二十日宏興公司的員工們在員工殉職紀念祠開追悼紀念會，神案上多了一個董粗樹的牌位。紀念冊上也多出董粗樹一名，事略記載著：

董粗樹，男。三十五歲時進入本公司爲臨時工，司拖垃圾的清潔工作。爲人忠厚，工作認眞。六十五歲那年距罹難日一星期即到解雇日期，公司原給該工一星期解雇前的休息假。該工勤勞成性，照樣上班，不幸在工作中遭車輾斃，爲公殉職……。

——一九七一年六月脫稿，發表於《中國時報》人間副刊

# 綠園的黃昏

入夜，我跟惠芬在客廳看電視，有一個少女跨進來，向我點點頭，問我退伍多久了？我一時叫不出她的名字？向她笑了笑。她站在惠芬的背後，兩手從惠芬的雙肩垂下來箍在惠芬的胸前。

「惠芬，我想上街買一件洋裝，妳陪我去選。」

「妳是……。」這個女孩子我是認識的，但想不起她是誰！

「林郁華。」惠芬向我說。

「是郁華？好幾年沒看到了，怎麼長成大人啦！」

「惠芬不也是大人了！」郁華笑笑：「再說你在幾年前也是小孩子啊！怎麼倚老賣老起來呢。」

郁華的家住在村尾，小時候我們在一起捉過蟋蟀，辦過家家酒。她是惠芬小學和初中的同學。我和惠芬前後在市內讀高中，郁華在鎮上讀私立高商。從我到市內讀高中，再當三年兵到現在一直沒有見過她。記得以前她矮矮胖胖，一哭起來嘴巴撮得尖尖的。現在身材抽長了，窕朗輕盈；臉蛋清秀悠雅。笑時兩唇間微微露出兩排整齊的白齒。

「妳請我看一場電影，我才陪妳去。」惠芬說。

「小事情，走！」

惠芬以眼光徵詢我的同意，發現我在注視郁華，若有所悟地說：

「我二哥剛退伍不久，妳也一齊請吧？就算接風。」

「走啊。」郁華忸怩地看看我。

三個人搭客運車到鎮上後，郁華在百貨行買完洋裝，我們走到電影院時，我搶先掏出錢買了三張票。

「說要我請客，怎麼由你買票？」

「誰買都一樣。」

進了場，惠芬讓郁華坐中間，使郁華和我坐在一起。郁華有點忸怩，放映時精神沒能集中銀幕上。也許這是她第一次跟男孩子坐在一起看電影。

散場出來，我覺得銀幕上只是人物、景色一場場現出，一場隱沒地遞換著而已，不知演的是什麼。

「我們女孩子都不敢走夜路，今晚月色很美，有我二哥做伴，我們散步回去。」惠芬向郁華說。

「還是乘車回去好。」

惠芬挽著她的手臂，走出街市，轉入村落。

月光把兩列木麻黃的影子，斜斜地描繪在路上。田野迷濛闃無人跡。涼風柔柔地纏繞著人。步過溪橋，溪水靜止，橋下漁人緩緩地划著竹排，巴巴響著櫓槳拍水的聲音。爲抄近路，三人踅入甘蔗園中的牛車路，藍空明朗，月色撒在濃綠無垠的蔗葉上，夜露散著濡濡的水氣，蟲聲沿路訴說著曠夜的靜寂。

「我會怕！」郁華拉住惠芬，要我們兄妹一人拉一邊護著她。

轉入水圳上的岸徑，小徑只容一人走，郁華要惠芬在前，她在中間，我殿後。踏著月光，圳溝潺潺的流水伴著我們的脚步走回村莊。

送郁華回家後，惠芬問我：

「郁華長得不錯吧？」

「不錯。」

「有機會時，我問問她看，樂意不樂意做我的二嫂。她很溫柔，是賢妻良母型的女孩。」

「妳敢問她？」

「找機會試試看。」

在惠芬的安排下，我們三人參加過兩次村人招攬的乘遊覽車的旅行。第一次是關子嶺和烏山頭，第二次是八卦山和日月潭。在名勝的林蔭深處，惠芬常跟別人同行，丟下我和郁華單獨相處。我們有說有笑，也並肩拍過照片。

郁華的家是村裏少有的清閒斯文的家庭。他家不種田，父親原在鎮上的電信局做事，已經拿一批退休金退休了。退休後買了一塊一分多的果園，種種柳丁、番石榴、柚子消遣。她大哥在縣政府做事，二哥是一家國營工廠的職員，已出嫁的大姊任小學教員。

從我家後門出去，沿村尾竹林邊的蕃薯園的田埂走，出了牛車路向北看；在那棵已有兩百多年，枝葉茂盛、層層盤空的老榕樹邊，有一區四周種植細高的觀音竹圍起來的果園，就是郁華家的果園。這塊果園近來對我有種吸引力，路過時，我往往會停下來欣賞嬌細青翠的觀音竹編成的籬笆。籬笆裏的果園，好像蘊藏著我靈魂所能依託的東西。

黃昏，我穿過半腰高的樹薯園，斜陽把老榕樹的蔭影投在綠葉浮動的樹薯園。跳過田溝，沿一棟種蘑菇的長長的茅屋邊走，前面就是細高的觀音竹籬笆果園。

園門半開著，園中散發出柚子花的芬香。一個少女掩映在番石榴的樹叢中，摘果實。

「郁華。」

她嚇了一跳，回頭發現是我，旋身過來向我笑笑。

「是你！吃番石榴——接著。」她把手中的番石榴投給我，我兩手一接，接個正著。

「參觀我們的果園吧？柚子正在開花。要吃番石榴自己摘。」

我隨著她在園中繞著果叢散步，滿園花粉的清香，我分不出是郁華或是柚花香。

郁華摘了十幾顆的番石榴給我放進褲袋中，要我拿回去給惠芬吃。

走出果園，郁華把門鎖上，我們繞到果園的西邊，躡脚走過兩根竹子拼成的小橋仔。沿果園邊的田溝走，溝底有胸坎深，綠草叢生，草縫中流水清淺。溝墘植一列田青樹，枝葉在小岸的上空和園籬細高嬌翠的觀音竹錯雜交纏。小岸上青草沒膝，我伸手過來牽郁華，她眼皮一撩，紅著臉看看我，我在前，她在後；側身一手牽她，一手撥開拂面的枝椏，引導她穿梭被枝葉和茂草所包圍的田溝小徑。她的手掌柔嫩，指甲輕輕挑著我的手心，我用力握緊，心靈融和在手語中。

走到果園盡頭，溝岸被下一區田的人用刺竹圍起來擋著路。

「走回頭吧？沒有路了。」

「涉水過去，到那邊那列蓮霧樹下玩。」

「不方便。」

「我揹妳。」

「不要！給人家看到多難爲情。」

「哪裏有人？」我四處看了看，彎著身，做待揹的姿勢。

她忸怩著看了看周圍，終於兩手搆上我的肩，身體伏在我的背上。她雙脚伸離地時，我才感覺到背上的重量。

溝草纏著脚很不好走，我慢慢涉水過溝。一個轉身讓她雙脚著岸站上去，她在岸上一手抓住蓮霧的樹幹，一手伸過來拉我上岸。

我雙脚一蹤，跳上去摘了一葉蓮霧的嫩葉，在手上揉碎，放在郁華的鼻孔下要她聞。

「聞蓮霧葉子的味道，比吃蓮霧好。」

「唔！」

她也採了一葉揉碎，遞過來給我聞，蓮霧葉汁的香郁隨吸進的氣息沁入體內：我醺醺然。暗想：郁華，妳是我的人了，母親到處託人爲我找對象，我可叫她不要再託人找了，對象就是妳。

「喂！我問你一句話。」她說。

「什麼事？」

「你是不是要永遠待在家裏種田？」

「還不一定。」實在是一定的。

「你應該上市內找一個固定職業，或是向你爸爸拿一些本錢出去創創事業。」

「我是想在家幫我爸種田。」

「我不贊成。」

「好，那我就考慮考慮。」

我們在田野間散步，走到溪邊，夕陽紅著大圓臉斜映在水中，滿溪泛著粼粼的金光。

「待在家裏種田有什麼前途呢，我看你還是出去創業好。男子漢大丈夫，志在四方。」

她撿起一塊小石子，平平地投進溪中，石子點到水又跳過去，一起一落激起兩處小小的漣漪。

村子裏到處風聲我交上了郁華。

母親託媒人明龍嬸到郁華家爲我向她父母求親。

「世榮這個孩子是不錯的，可是他現在也沒有職業，怎麼可以結婚呢？我們郁華年紀還輕，等世榮有了職業再說罷。」

明龍嬸把郁華父母的話告訴母親。

「怎麼說我沒有職業？我在家種田難道不是職業？」我很氣憤。

「他們所說的職業是像他們郁華是農會的職員，大兒子在縣政府吃頭路，二兒子是國營工廠的職員，等等的那種職業。」明龍嬸說。

「總而言之，就是不嫁田家郎！」惠芬插嘴說：「二哥，我試探過郁華，她對妳很有意思。我給你扶方向盤，用感情征服她，等到她不嫁給你會死那天，就會把種田當作職業了。」

「你就跟她用戀愛的，到時我來做個現成的媒人。」明龍嬸笑哈哈。

在惠芬刻意的安排下，我們三人到市內的名勝又玩過幾次。但郁華拒絕單獨與我出遊，一有機會仍勸我到市內去找職業。其實我如果要出去謀職還不簡單，只要我說一聲，伯叔們一定爲我在他們的工廠或商行安插一個很好的職位。但我家有十多甲的田地，父親體弱照顧不了，大哥結了婚，不喜歡待在家幫忙種田，帶著大嫂遠走高飛，父親對他失望極了，我不能再讓父親失望。哪有自己的產業不經營而去當人家伙計的道理——父親常說的。

寄種瓜子的甘蔗田裏長滿了草，原本幫我家工作的林山嬸和阿江嬸相偕上高雄到兒子的家玩，僱不到人好拔草。父親叫我別的工作先停下來自己去拔，拔完後，把廁所裏的十來擔糞便挑去澆瓜子。

在台北讀大學的三妹惠芳，和讀高中的弟弟世隆放暑假在家閒著沒事，我向他們說：

「喂！甘蔗溝寄種的瓜子長滿了草，請不到人拔，你們兩個今天到田裏拔草，家裏有惠芬管，不要你們在家了。」

「我也不會種田，你怎麼要我拔草？」惠芳瞪著眼珠頂我。從她出生到現在，只是讀書，還沒下過田。她比我和惠芬幸運，我和惠芬答應父親留在家，父親才讓她考大學。

「拔草是最簡單，最輕鬆的工作。女工難僱，就下田幫幫忙吧。」世隆找了一頂大斗笠戴上，要跟我走，惠芳說：

「我不去！」

「凡是我家的人，沒有不下田工作的特權，不要以爲妳是大學就自覺了不起。走！」我大吼。用鋤頭挑上畚箕，扛上肩，在牆上拿下一頂斗笠往惠芳的頭上一戴，硬把她推出門。

酷熱的火燒天，地上的熱氣往上蒸，陽光像火箭，亮烘烘的刺得人難受。惠芳和世隆拔了二、三十分鐘就站起來伸腰、踢脚、擦汗、喝開水，拔不到兩個鐘頭，一壺開水已被他們兩人喝光了。

「種田的工作沒有一項不苦的，光是這種最輕鬆的拔草，我已受不了。蹲著拔不到半行背脊就痠痛得挺不直。別的不說，只在田裏晒太陽就夠受的了！」惠芳滿頭大汗，呻吟著站起來。

「現在妳才知道，出來嘗嘗這種味道也是不錯的啊。」我說。

她可能脚麻，拉起世隆，扶著她一拐一拐地拐到樹蔭下乘涼。

太陽西斜後，天氣涼了些，我回家舀廁所裏的糞挑到田裏澆拔過草的瓜子。

一擔澆完又一擔，我挑著糞在路上半跑著。前面有一位少女騎四十九CC的小本田，輪子在不平的村路跳滾著過來。

「郁華！」我高興地彎下身把兩桶糞便放在路邊，把扁挑卸下肩。

「你好勤勉唷！」

郁華鄙視著我，車子經過我身邊時，別過頭，臉色絕望得幾乎要哭出來，趕快左手捂住鼻孔，右手加快速度，普普普地揚起灰塵而去。

按照以往，我們碰了面，無論她是走路，或騎車都會停下來聊一會再走，而今天看我挑著糞便，竟捂著鼻子揚長而去！

「她看不起我這個挑糞的種田人！」

我掄起扁挑砰砰，把兩桶糞便打進水溝裏，楞楞地看著倒進水中的黃糞緩緩順水流著，兩個糞桶口向下覆在水溝中。

我的心像被什麼搗碎了似的抽痛著，靠著路邊的木麻黃，用扁挑墊著坐在地上。耳鼓裏響著惠芬說過的話：

「二哥，我曾經試探過郁華，她對你很有意。用感情征服她，等到她不嫁給你會死那天，就會把種田當做是職業了。」

哼！感情算什麼？她雖然對你有意思，卻把感情壓抑住，不讓它奔放到「不嫁給你會死」。只怪自己不聽她的話，不要留在家種田，上市內就職！人家才不那麼傻嫁給一個必須挑糞的種田人！

「我也不種田了！」

我大叫一聲，站起來拿起扁挑，用力一摔，丟進水溝裏。

林郁華！林郁華！以人比人，我那點輸妳？以家比家，妳家毫無恆產，我家田地甲全鄉，伯父和兩個叔叔都在市內開工廠，每人的財產都有一兩千萬。妳既然看輕我這個種田的，我也不去遷就妳。

靠著木麻黃，發了一、二十分鐘的呆，情緒平靜了許多。各人有各人的理想和抱負，我何必去抱怨人家？她不喜歡嫁給種田的，爲的是將來婚後能過著悠閒的家庭生活；她父親與我父親年歲相若，她父親無田一身輕，現在吃退休金享老福；我父親有田拖老命，天天爲十甲多地做得像牛像馬。她母親過著恬適的生活，我媽必須頂著火毒的太陽在田裏忙。

——我家何其不幸！擁有那麼多的田地！

惠芳被我硬拉去拔了兩天的草，中暑病倒下去。頭痛，肩痛，腰酸背痛，喉嚨痛，大便頻繁，解的湯湯泡泡的。看了三次醫生，花了二百多元，才漸有起色。母親說比請人家拔還要貴。

「一無是處，便是書生！」我搖頭晃腦調侃惠芳：「多磨練，身體才會健康；多學一項有多一項的好處。我們是農家子弟，種田是必修的課程。」

「我將來也不嫁給種田的，你為什麼要叫我種田？」

「人手不足，人工貴，又不容易請到，幫幫忙總可以吧？」

我的心隱隱抽痛。目前種田不賺錢，大家把本錢投資工商業，沒有人要買田，假如碰到有人要買，我一定力勸父親把田統統賣掉！

幾個月沒有下雨了，田裏的地下水泉已被抽乾，抽水機抽不出多少水好灌溉，地勢較高的農田已有龜裂的現象。

報載日月潭水位逐日降低，電力公司籲請用戶節省用電。

雨季早就到了，天卻不下雨。

「天啊！下些雨吧，再過幾天不下，五穀就要乾死了。」鄉人眼巴巴望著晴藍無雲的天空祈求。

天氣燠悶得要命，燠悶就是將要下雨的徵兆。然而日頭開得火一樣焰，天也不佈一絲黑雲！

台灣是寶島，從未鬧過旱災，怎麼今年天會憋住氣不下雨?鄉人碰了面，這樣的打開話盒，談各人田裏枯旱的情形。

是的，台灣從未鬧過旱災，天在佈黑雲了，偶而有雷聲響起。

黑雲佈了幾天，天氣照樣燠悶。雨來了!但是寒酸的很，流眼淚那樣灑了幾點雨絲而已，被饑渴的大地冒出的熱氣一蒸就無影無蹤了。

天空又晴朗了，風絲是燒的，雨的芳蹤被火辣辣的老太陽呑掉了;田裏的植物逐漸萎縮，有的葉子已在枯黃了！

看明天會不會下雨。

明天變成今天，今天無雨地成爲昨天。

再看看明天吧！

收音機播出颱風警報的消息。

雨不來，颱風卻要來！但願颱風不會大到傷害農作物，挾來幾陣豪雨，解決地殼的飢渴，滋潤滋潤農作物，救救種田的人。

颱風來了！統治千軍萬馬下鄉掃蕩，種田人眼巴巴地看著它作踐農作物;甘蔗園整區整區倒下去，弄花的稻子被掃得花粉盡落！

豪雨隨著颱風的尾巴來。

據父親估計，這場颱風我家損失七萬多元。四甲白甘蔗和二甲多的紅甘蔗被掃倒在地上，未成熟的稻子整片伏在地上，果園的柚子、楊桃、棗子，開花的、結果的、將成熟的都被掃得光禿禿的。

父母親和我，在豪雨中穿著雨衣，拿著鋤頭把紅甘蔗一棵一棵扶正塡土。白甘蔗無法扶正任它倒著成長，稻子無甚挽救的方法，能收多少算多少。

雨，渴望它來時，它不來，颱風過後，發起狠來，把以前沒下的一齊傾盆了十幾天。雖然田埂都拿鋤頭挖開，讓雨水流出，但田裏還是一片汪洋。沒被颱雨掃損的菜類，都被雨水浸爛了。我家種的瓜子、香瓜和西瓜，都被浸得無法收成。

霪雨過去，水退盡了，等太陽出來把田地曬乾。犁田，播種，一切從頭再來。上一季失收，寄望下一季豐收。

一個多月後，田裏又是一片綠原，五穀欣欣向榮，種田人忙著拔草、鬆土、施肥、噴農藥。

這一天下午四點多，我在田裏撒肥，有人在田頭喊我：

「世榮啊！你爸爸噴農藥中毒，昏倒在路上。」

「在哪裏?在哪裏?」

喊我的是振昌叔，我跟他跑去，見父親已不省人事，倒在路邊的木麻黃樹下，臉色發黑，身邊有吐出的穢物。我喊了兩聲爸爸，心頭衝撞了幾下抽泣地哭出來。

振昌叔幫我把父親抬上我的背，讓我揹回家。我又託他到田裏叫我母親回家。

父親身體衰弱，抵抗力不夠。天氣酷熱，農藥的毒氣容易蒸發，連續噴了兩天的藥，時間過長，致使毒氣侵入體內而中毒。

惠芬哭著喊怎麼辦?怎麼辦?我叫她騎脚踏車到村上的小學借電話，掛到鎮上去叫計程車來載進醫院急救。

經過醫生打針急救，父親慢慢醒過來。

惠芬打電話到市內三叔家，告知父親噴農藥中毒的事。再由三叔用電話轉告伯父和四叔。在父親甦醒後不久，他們三人開了一部自用轎車趕到醫院來。

病房裏四個兄弟含淚相視。

「你們都回來了，我以爲再也沒有機會看到你們呢!」父親躺在病床上，臉色蒼白，看到伯叔們淚水從眼角慢慢滲出來:「當我發覺中毒後，一直想吐，卸下藥桶要趕回家已經走不動了。五臟六腑像翻江倒海那樣絞滾著要吐出來，勉強走幾步就蹲下吐幾口，走到半路再也支持不住，就倒下去。」

伯父罵父親不應該在那麼熱的太陽下噴那麼久的農藥。

「我是想趕快把它噴完，明天好趕別的工作。」

「年紀大了，你要耕種那麼多的田，身體受不了。孩子們你想留他們在家種田，已經不合乎時代了；哪個年輕人願意種田？」四叔說。

「我想通了，央媒人為世榮做親，稍微讓我們看得過眼的女孩子，沒有一個願意嫁給種田的。大家都嫌種田苦！」父親感嘆著：「啊！人都是扶起不扶倒；工商業興起，年輕人要求工作輕鬆，待遇好，容易發財，都上市內就職工商界，沒有一個願意為農村出力吃苦。我實在也沒有理由留世榮在家種田。等我們這輩老的死了，或是抬不動鋤頭時，不知誰要來種田？」

「我看你還是把田賣掉一些吧，聽說現在種田也不能賺到什麼錢，尤其是我們人手不足的，雇人做，人工貴。」四叔說：「世榮，你把一分田種稻子所要的開支，和所能收穫的算給我聽聽。」

「以一分地為標準：請人犂田一分一百五十元；播種的工錢一分一百一十塊；秧苗約要一百元；除草要四次，一次六十元，四次二百四十元；肥料約要三百三十元，一分田的施肥工五十元一共三百八十元；灌溉約二百元；農藥一分稻一季要二百元，噴藥工錢一百五十元，一共三百五十元；割稻工錢一分二百一十元；曬稻工，要曬三天一天六十，三天一百八十元；最後田賦約要一百斤稻子。」我把上面的數目算了一下：「一分稻子從犂田開始到收穫約要二千四百元的本錢。至於收穫：四月季的一期稻最好的能收到十二割，即一分地收一千二百斤；十月季的三期稻，因要經過颱風和豪雨的季節，往往被風刮損或被豪雨淋掉花粉，收穫四、五割，六、七割不等。兩季平均一季約能收八至九百斤。每百斤稻子時價二百八十元，約可賣二千五百元左右，扣掉二千四百元的本錢不能賺什麼錢，如遇失收就要虧本。但是如能全部以自己的工去種，可以賺到一點工錢。」

「既然這樣，我們人手不足，還是把田賣一些給自己有人手、有力氣耕種的人去種。他們至少可以賺一些自己的工錢。」三叔說。

「年輕人都跑去市內，每家都有人在外面，每家都是人手不足；很少有人要買的。有氣有力的人，如只想賺自己的工錢，不如去做人家的工，省得操心，才不那麼傻拿一批本錢放在田地裏只賺自己的工錢。」父親說：「如果有人要買，以現在的行情每甲十二、三萬，那麼便宜，我也不願意賣；有三甲多十幾年前我們買進時一甲三十二萬。我打算僱一部推土機全部把它開做魚塭養魚。魚塭養魚的利益比種田好得多，而且省工，魚苗放進塭裏就沒有什麼事了，十甲多魚塭只要請一兩個長工來照顧，自己就沒什麼事。」

「那大家就出資搞個事給世榮經營？」伯父向父親和兩個叔叔說。

「好吧。」父親要爬起來，我幫他扶起來坐著：「你們對工商業有經驗，就把他帶出去，也讓他去從事工商業。」

父親出院後，伯父和叔叔們積極籌劃出資經營抽紗廠給我經營的事。預定資本四百萬，伯父、三叔和四叔各出一百萬，父親拿出十年來所有儲蓄三十萬元，這些錢是預備給我、惠芬、惠芳的結婚費用和弟妹們的學費。不夠的，俟廠房建竣，再向銀行抵押貸款。

購地、建廠、裝設機械的事，都由伯叔們著手去辦。我被開紡織廠的四叔送上彰化他朋友開的一家紗廠學習管理及生產過程的各項工作。將來伯叔們要我負責管理生產業務方面，由他們三人負責。

實習半年期滿後，廠房已經建好了，正在安裝機械。我回家玩時，我家十甲多的農田，已變成綠汪汪的魚塭！

「二哥，等紗廠開工後，你即有自己的事業了，不要再急著找對象。白天主持紗廠的廠務，晚上考入大學夜間部進修。將來事業有了基礎，不怕沒有大學生要嫁給你。」惠芬向我說。

如不是父母急著要娶媳婦來幫忙，我才不會忙著找對象。如今田地裏都變爲魚塭了，母親不用再到田裏工作，已能在家理家務了。等紗廠開工，惠芬將到紗廠主持會計工作。

站在我家魚塭的高岸上，兩隻抽水機普普地抽著水，由兩個大口徑的水管引進魚塭裏。魚頭成群的浮在水面，張著口吧吧吃水，有的魚潑刺潑刺跳出水面又潛進水裏。曾幾何時，那是一片綠油油的田野啊！以前伯伯叔叔們在市內發跡的本錢，都是靠這些田地所收成的。在五、六年前我家也因有這十甲多的田而居全鄉首富，目前工商業發達，人工貴，種田不賺錢，沒有人要種田，種田的青年娶不到太太，田地不值錢，而讓它全部變成了魚塭！

在回家的牛車路上，郁華下班回來了，騎著她那四十九CC的小本田，從我面前經過。

「你什麼時候回來？世榮！」

我別過頭裝著沒有看到她，車子過去後，我癡癡望著她普普而去。她披在肩上的頭髮一飄一飄的。背後，車輪沿路揚起了灰塵。

——原載一九七二年元月

# 切指記

趙銘生的女人開的百貨店，面朝菜市場，店後面連著他家的古屋，前院籬笆邊是菜市場店鋪的後面，院子的右角還存著一口百來年的古井。

一家大小在店後面的飯間吃晚飯。血壓高鬧頭痛的趙老太婆躺在床上，孫子們叫她吃飯，她說不想吃，叫孫子們先吃。吃飯的動靜缺少銘生的聲音，老太婆爬起探頭看飯間，兒子沒有回來吃飯！

「銘生一定又去賭博了！」

一家大小默默吃飯，沒有一個回答的，銘生去賭博是常事，妻兒從不管他回不回來。

「你們都不去叫他回來吃飯？」

「叫也不會回來的。」媳婦說。

「都給我出去找！」

老太婆吆喝銘生的四個兒女放下飯碗，分別到他們父親可能去賭博的地方叫他回來吃飯。

素麗、鴻良、鴻基前後回來說沒有找到，各人上桌繼續吃各人的飯。

「在阿坤家賭，不回來吃。」最後回來的淑麗說。

「再去叫！」趙老太婆走到飯間，坐上椅子。

「他不回來再去叫還是不回來，我在那裏叫了好久。」淑麗坐上椅子端飯起來扒。

「素麗去！」銘生的女人叫大女兒去。

大女兒素麗是唯一關心父親的，其餘三個，你賭你的博，我吃我的飯，父親一去賭博就像脫離了父子關係似的不理他。

「賭得正熱，怎麼叫也叫不回來。」素麗回來說。

「夭壽死囝仔，叫不回來，伊祖媽去用拐杖給伊吃。」老太婆一氣起來血壓上升，太陽穴蹦蹦跳。

「不要理他算了！」媳婦說。

「我不理他，誰要理？他好像不是你們的什麼人，沒有一個要管他的。」

老太婆拄著拐杖，幫助兩隻高尖的小金蓮；三隻脚憤怒地蹬蹬拐出去。頭殼裏彈著三弦丟丟痛。

到了阿坤家，她從屋後摸到窗口，往裏面窺視。屋內賭的和看的有七、八個人圍坐在地下的草蓆上，全神貫注在牌子上，她躡脚繞到門口摸進去，猝然舉起拐杖向低頭看牌的銘生身上打下去。全場的人抬起頭，慌張地亮著眼睛叫：

「銘生！你娘來啦！」

銘生看看他娘，老太婆的拐杖一起一落猛抽著：「賭要死的，叫不要回去！賭要死的，叫不要回去！叫不要回去，賭要死……」

銘生縮著身子躲到賭伴的身後。賭伴們閃開一條路把他拖出去：「趕快跑。」

銘生衝出了門，跑上院子，老太婆拄著拐杖，兩脚跨過門檻追出來，揮杖打了幾下，沒有打到；呀啊！拐杖向兒子背上摔過去，正好擊中。老太婆的尖脚奔上去，彎下身撿起拐杖，在後追著罵：

「賭要死的，不要跑！敢賭就不要跑！」

銘生跑上馬路，老人拄著拐杖一啄一啄猛追，像老烏龜在追狡兎。追不上，心火上升，頭激烈地抽痛，她仍拚命地追；衝力過猛，忽然兩脚相拐，砰！整個人跌倒在地上，四肢伸直直的，拐杖摔在一邊。

「銘生啊！你娘跌倒！」

「你娘跌倒！銘生啊！」

銘生掉頭一看，跑回頭來抱起老母。

「娘！娘！」

老太婆的臉色臘黃，頭一直勾下去，銘生扶著她的頭，老人的嘴流出白滔滔的涎水，眼睛眨著眨著，閤了上去不再張開了。

「娘！」銘生看事態嚴重，張惶地搖著：「娘！」

老太婆軟弱地哼了兩聲，叫不醒。賭伴們幫忙叫來了一台三輪車，把老太婆扶上車，銘生護著她送上鎭上的醫院。

醫生問完經過情形，診察完，收下聽診器，翻翻老太婆的眼皮看過眼睛後說：

「腦充血！」

「腦充血？」銘生目瞪口呆，楞了一會又問：「血筋斷了？」

「是的，土話叫斷血筋。」

「斷大的？或是小的？」

「大的，恐怕沒有什麼希望。」

「拜託你把她治好！」

醫生開好藥方，交給護士準備打針。銘生看看母親，臉孔暗黃，嘴一直流著口水，鼻孔像有鼻涕要流下來一樣，齁齁吸著氣；又像氣管被什麼堵住那樣，痛苦地一下一下躺躺喘著，剩下一口微弱的氣息，正在一步一步向陰間走去。

到了半夜，老太婆的病情惡化，醫生要銘生趕快僱車載回去，老人可能活不到天亮！

母親就這樣爲我而死？銘生苦苦哀求醫生讓她留下來盡量救活她！

「已經是無救了，留下來也沒有用。」醫生不耐煩地逼他運回去。

銘生僱車連夜把母親運上市內的省立醫院請求住院急救。老太婆奄奄一息，值夜醫生診察後勸他運回，已經是無救了！

銘生把母親運回家後，女人用白布蓋起廳堂的佛像，香案和八仙桌抬出外面，從房間裏挪出一塊榻榻米，兩頭用凳子墊著，讓母親躺在廳裏壽終正寢！

銘生打電報給在台北經商的大哥銘安，又分別託人到兩個大姊和一個妹妹的家報喪。

他羞愧萬分，不敢去正視姊妹們；眼光偶一接觸，他們都含著一股不能饒恕的怒意瞟他。

屍體在哭聲中入殮後，他大哥、姊妹們和女人以黑衣袖口擦拭淚水，擤擤鼻涕，走出廳堂。銘生癱瘓地靠著牆角坐在地上，望著「壽」字的紅棺材發傻；燭影搖紅，紅得吸人心汁。母親就這樣躺在棺材裏釘上釘子了？紙錢的灰燼餘煙燻著棺材。銘生的眼眶蓄滿整泡的淚，一串串落在地上。

從十一、二歲起，他就常跟童伴賭牌，那時還小，母親管得嚴，很少有機會賭。結婚後在罐頭工廠當領班管女工，領了薪水就幾個晚上不回家。下班後直奔賭場，賭到深夜三、四點，身子受不了，躺在賭場的蓆子上睡一覺，天亮後從賭場上班。如果沒有被母親找到，把口袋裏的錢抓回去，就一直賭到輸光爲止。家裏的生活靠女人開百貨店的收入維持。二十多來，好像是爲賭博而活，上班賺的錢做賭本；而母親的任務就是抓兒子賭博。一個偷偷摸摸躲著賭，一個到處偵查著抓。一抓到打幾下拐杖，押回家，幫忙女人整理店內的事。

「你女人說你你不聽，你賭死在賭場，人家也不管你了。將來我眼睛一閉，沒有人管你，我看你連房子、老婆、女兒都會賣來做賭本的！」

他想起老母常這樣罵他，咬緊牙根，雙手握拳擂打著胸口。

「娘！您爲我而死，我以後一定不再賭博了。娘，我對不起您，娘！」他跪著膝行到棺材邊，頭抵著棺材哭。

外面，他大哥和姊妹憤怒地議論老母因抓他賭博跌倒腦充血而死，他不敢出去碰他們的面。

「銘生，出來！躲在裏面做什麼？」銘安在外面嚷。

他抓起孝衣的衣角抹乾臉，低頭走出廳堂，姊妹一一避開視線。

「我問你，老人爲你賭博而死，你要賭到什麼時候才不賭？」銘安出盡丹田的力氣狂吼。

銘生看著脚尖。

銘安左右摑他兩個耳光，兩手搖撼他的雙肩問：「你說！你說！你要賭到什麼時候才不賭，當著娘的靈前說。」

做妹妹的把大哥拉開，大姊走過來手指戳著他的額角罵：

「人家死千死萬，你應該去替人家死。娘沒有一天不爲你賭博操心，結果生命也被你這個賭鬼收拾掉了！」

「他是四肢著地的畜牲一隻，何必費唇舌和畜生講話。我給你講，辦完事，除了靈，他照樣去賭。」二姊上來幫大姊助陣。

「也不想想，女兒都可嫁人了，再一、兩年就可做公了，原性還不改。」做妹妹的護著他，把他推開。

「跟他講好話沒有用，能改早就改掉了，我今天要打死他。」銘安衝過來猛摑他的腮幫。

他無言，看看大哥又垂下頭。

「呀啊！呀啊！」銘安不停地摔他的耳光。

「打死我吧！就一拳打死我，我害死了娘！」銘生說，聲音幽幽的。

「阿伯，求求您，不要打我爸爸了！」素麗跑過來抱住伯父，眼眶含著淚水。

銘生不忍看大女兒求她伯父的可憐相，轉頭避開視線：妻子站在厨房前啜泣。他瞥了妻子一眼，羞慚地移開視線向院子外面看：二女兒和兩個兒子，畏縮地站在籬笆邊；眞使妻兒們丟臉。他蒙著臉慟哭，返身跑進廳堂在棺材前喊：

「娘！我不賭了！」

「娘！我再也不賭了！娘！」

他哭喊一聲，頭就用力叩一下棺材。越叩越響，越後悔越氣自己，索性叩叩叩叩，頭額猛擂棺材，像打急鼓一樣。

「娘！我太對不起您！」他聲嘶力竭：「娘！您爲我操心一輩子，我再也不賭了！」嘶喊不夠表達不再賭的決心；叩頭不夠出兄弟姊妹指責的氣；把心肝挖出來也不能使躺在棺材裏的母親復活！他猝然瘋狂地跑出廳堂，奔進廚房，在灶上拿了一把菜刀，再跑回廳堂，跪在棺材前，左手伸平放在棺材上，右手揮起刀子一剁！四隻指頭落在棺材下，刀肉吃進棺材板立著，外面的人追進來抓住他拿刀子的手，正是指頭迸起來的一剎那！

銘生看看左手：大姆指以外的四隻指頭，約在第二節的地方切得整齊劃一。血！泉水似的噴著。他的臉色慘白，一切都完了！一陣暈眩，身子倒向後面，被女人和姊妹們抱住。

「嗳唷哦！怎麼會這樣呢！」女人戰慄著擂著胸口。

「趕快找一塊巾把手先綁起來！」銘安倉皇地說。

姊妹們撕了一塊做喪服用的白布一層一層包紮他的傷口，血一層紅過一層。銘安出去攔了一部計程車載他上外科醫院急救。

送葬的行列中，銘生舉著孝杖跟在捧斗挽棺的大哥後面。切斷指頭的左手，包著一團圓鼓鼓的白紗布，在黑色孝衣的襯托下格外的醒目。

賭博的欲念隨著傷口的痊癒在他心中消失了。每天下班後在家裏幫忙女人整理百貨店，賣去的貨寫信補，應退的打包交貨運退回。貨運送來的新貨，打開一件件點清、入帳，然後陳列好。他好像是一個贖罪的人，默默地把店裏整理得井然有序。

「素麗二十二歲了，在鎮公所工作，那些男同事都上了年紀了，可能沒有男朋友。如有媒人來說親已可以注意一下打聽打聽了，好給她選一個好婆家。女孩子長大了是不能留的。」一家人在客廳裏看電視，銘生向女人說。

「最要緊的就是千萬不能找到一個會賭博的。」女人瞅瞅銘生笑笑，轉向素麗說：

「我跟你爸爸吃了二十幾年賭博的氣，他什麼都不管，只知道賭博，我一個女人擔當這家店，負起一家的生計，吃這二十幾年的苦，淚水都是往肚子裏流。有人給你介紹男朋友時，千萬要打聽好對方會不會賭博，不要走媽媽的覆轍。」

「爸爸這一年來不是很好了麼？」素麗說。

「我嫁他二十幾年來，只有這一年多來他才像個丈夫，像個爸爸。」

「不會啦！哪會那麼巧找到一個愛賭博的。」銘生說：「以前我好賭已經夠糟了，哪會那麼倒楣，女婿跟丈人一樣狼狽。」

「你現在也知道你狼狽了？」女人啐他一口。

銘生笑笑。早就應該戒賭了，切斷四隻指頭是值得的。切指慘痛的情景猶在眼前，他望著電視的螢光幕黯然神傷。以前天天賭博，孩子們一碰到爸爸都是黑眼對白眼。如今孩子們已把他當著爸爸看待了。

「孩子們一個跟著一個長大，這四、五年內他們的學費、結婚費用是相當大的，以後不必開支的盡量節省，積一點錢準備著用。」上床時，女人說。

「店裏的收入做生活費用，我和他們姊妹的薪水都讓妳加會儲存起來。」

難得女人對他改變了態度，把兒女的事跟他商量，使他感覺到家庭的溫馨。以前常連續賭三、五夜不回家睡，賺錢也不養家，家裏的大小事一概不管，女人一不如意就衝著他發牢騷：

「跟你做夫妻，有丈夫和沒有丈夫都差不多。住旅館要走也得向下女付帳辭行；你！哼！來不招呼，去不相辭；賺錢拿去賭博，飯白給你吃，人白給你睡，生了孩子還要我撫養。我前世是欠你多少債，這世竟還不完？」

銘生看看女人，幸好娶了這位認命肯吃苦的妻子，否則這個家可能撐不下。他感激地摟住女人，一年來天天在家睡，關店就上床，已養成習慣，女人不再咒罵他也養成了習慣。

女人撫摸他摟在她身上的左手，吻著他切斷的指頭。

「決心不賭，不要再去賭就是了，何必切斷？」

撫摸切斷的指頭已成她對丈夫表示愛憐的動作。過去除了新婚那一年多外，女人很少對他有愛的表示，那是嗜賭被她恨入了心所致，幾個孩子幾乎都在深更兩、三點從賭場回來，把她吵醒，在半求半強之下草草使她受孕的。

女人挪過頭來睡在丈夫的胸口上：

「孩子們一天天長大，你應該負起做父親的責任了，不要像以前，一上賭場，就不知道有家。」

「我的薪水不是都拿回來給妳了麼？」

經過親友的介紹，銘生夫妻倆幫大女兒找了一個開小鐵工廠的女婿，完成了素麗的婚事。

銘生參加鄰居招攬的環島旅行。遊覽車抵達台東這一夜，吃過晚飯，洗完澡，他跟鄰居的旅客出去逛街，小山城沒有什麼好玩的，回到旅社剛九點多，五、六個同睡一間房間的人，沒有出去玩，買了一副象棋圍在一起賭「打三國」。

「銘生啊！來，來，湊一脚，湊一脚。」瘦猴蘇手出棋子，眼睛望著銘生叫。他是銘生的老賭伴。

「不要，我要睡覺了。」銘生裹著被躺上床。

「砍掉四個指頭了還敢賭？」在銘生家附近開餅店的老闆，吸著菸說。

「要賭還不是照樣賭。」上排牙齒都是金黃牙的老許說，忽然拍著床鋪大喊：「紅帥！」

「他如果敢賭，我可以送兩百元給他做賭本！」餅店的老闆說。

「銘生！我讓你。」銘生的同事老黃探頭叫：「有人給你出賭本，怕什麼？」

銘生向老同事笑笑，心想，要不是我已戒了賭，一定讓他白費兩百元。

「人家要睡覺了，你們怎麼好鼓勵人家賭博呢？」一個看賭的人說。

銘生翻過身，面向壁背著他們，驚叫聲、吃棋子的拍摔聲使他無法安靜。他轉過頭說：

「你們小聲一點好不好？」

「你睡你的，不要假正經。睡不著就起來湊一脚。」瘦猴說。

銘生躺了一個多鐘頭，毫無睡意；戒了鴉片的人，偶爾嗅到鴉片的煙香味，煙香薰得人心裏癢酥酥的；久已消失的賭癮在他心底冒芽滋生。睡不著，老躺著，骨頭怪不舒服。

他爬起來，挪到同事老黃的身邊坐下看老黃出棋了。

「你來當我的軍師，我一開場一直輸到現在。」

銘生看老黃出棋子毫無經驗，暗授老黃機密，老黃手氣逐漸轉好，出哪一個棋子全是銘生的主意，他變成拿牌的傀儡。

「有種你下來，我貼你兩百元，不要在那裏當什麼熊軍師。」餅店的老闆輸得冒了火。

「錢拿來！」銘生伸手要錢。

「拿去！」餅店的老闆很大方，抓起兩張百元鈔票丟給他：「我看你敢賭？」

「你爸就賭給你看。」銘生接過錢，餅店的老闆像被割了一塊肉，臉孔爲之失色：

「我要用你的錢把你贏得囊空如洗。」

「起來！老黃讓我。」銘生豪氣沖天，推開老黃盤腿坐下來。

「要賭就賭大一點，輸一粒棋子十塊錢。」

「可以！」銘生看他搓棋子、壘棋。

點好前後番次，輪到銘生拿棋子，他伸出右手把棋子抓到胸前，左手挪過來要接過棋子翻開來，猝然警覺他左手少了四個指頭！恍惚從夢中驚醒，從前每夜猛賭，都是十指齊全，現在抓起棋子竟少了四隻指頭！

「幹你娘，爲了賭博你使娘跌倒而死，發憤砍掉了四個指頭還賭？」餅店的老闆冷嘲熱諷。

銘生腦子裏浮起自己在母親的棺材前，揮起菜刀砍掉四個指頭的影子。四隻指頭迸起來，菜刀立在棺材板上，血淋淋的染紅了廳堂，比棺材還紅！

……裹脚的老母親，佝僂著身子，拄著拐杖，踉踉蹌蹌地追：賭要死的，賭要死的！娘，我不賭了！我再也不賭！菜刀！切！指頭迸起來掉在地上，娘，我不賭了……

……還沒有下場時，怎麼沒想起！他想站起來，但既然跟餅店的老闆賭氣，又拿了他的錢，實在難於收場。

左手少了四個指頭，幫不了右手的忙。銘生把棋子覆在脚前擺成兩排，用右手一排一排抓起來看，靠豐富的經驗和對這方面特有的記性；看一眼放下去，就能望著棋背記住下面的字。他把對、局、粒配好，等做頭的喊牌。

「單手的比雙手還快。」坐在銘生後面的老黃誇讚。

「他的工夫不是三年五年可學得到的，他下過二十多年的苦工磨練出來的。」黃牙老許說。

「砍掉指頭磨練的。」餅店的老闆吸了一口菸忙著湊棋子。

「少廢話！」銘生發了火。

賭運隨著他被激起的怒氣上升，節節大勝，餅店的老闆輸光了，他把兩百元丟還他。

砰！砰！砰！砰！外面有人拍門。

「快收起來，警察來抽查。」下女的聲音。

六、七個人匆匆將棋子掃進被子裏蓋著，各人抓起脚前的錢揣進口袋裏。已經兩點多了，銘生數數錢，贏了一千六百多元，四年多沒有這麼晚睡了。

躺上床，贏錢的興奮很快就過去了，眼睛疲勞得很，閉上眼，母親佝僂著身子，拄著拐杖，蹭蹬高尖的小脚追打他。拐杖擲過來擊中他的心窩，他嚇了一跳，張開眼睛看看，屋裏亮著暗黃的小燈，哪有母親的影子！剛剛闔眼寐了一下，母親就來抓賭了？

他輾轉反側，母親血管破裂，齁齁喘息的痛苦臉孔，妻兒睥視的眼神在思想中晃出。回去把晚上贏的錢買一台彈簧床給女人睡，以後絕對不可再賭！

翌日，遊覽車遊覽花蓮附近各名勝地區，傍晚車子駛到花蓮市事先訂好的旅社休息。旅客三、五成群步向海邊欣賞夕暮的海景。銘生洗完澡，把毛巾裝回塑膠袋裏，對著鏡子梳頭，預備跟人家上海邊走走。

「喂！我們不要出去，買四色牌來賭。」餅店的老闆喊。聽說他向旅伴借了一千元。

「我去買，對面有一家文具店。」金牙老許說。

銘生怕被他們拉住湊脚，溜出房間，步出旅社大門。

「喂！銘生，你是主角，怎麼可以走？」餅店的老闆追出來叫。

「你昨天晚上贏，今天要溜了？」金牙老許剛好買牌回來。

「我要出去走走。」

銘生跟遊客們走到海邊一塊樹林高地上，在暮色蒼茫中遠眺墨綠的海洋。海水懶懶，船隻在海天相接的冥冥中游移。初春的天氣，海風呼呼吹散遊客的頭髮，衣褲隨風飄飄。樹梢蕭颯著呼應岩崖下浪濤澎湃的激岸聲。

銘生雙手插在口袋裏蹓躂，有手指的右手揑著袋裏昨晚贏的錢玩索。以前天天賭博的日子，一年到頭不時找人借錢做賭本。約定還錢的日期，常常沒有錢還人家，信用不好，要借幾百元的賭本，必須煞費苦心，向人低頭說盡好話。甚至騙人家說，家裏沒有錢買菜，或孩子生病沒有錢看醫生，先借用一下，領薪水時一定還。

而現在有錢卻放在口袋裏閒著！他把錢掏出來數數，昨晚贏一千六百多，要出來遊覽時女人給一千五帶在身邊，一共三千出頭。這麼多的錢放在口袋閒著實在太可惜，不如把昨天贏的一千六百多做本錢，再跟他們賭。能再贏算是白撿的，輸了也就算了，反正這些錢是贏來的。

他看看少了四個手指頭的左手：切得整整齊齊的刀口，治好復生肉包成圓圓鈍鈍的錐頭狀。中間像裝東西的布袋口，一綁起來往四面輻射著數不盡的皺紋。每隻少了兩節指頭，宛如樹木被人砍掉後，留下一截光禿禿、缺乏生氣的樹頭。

因決心不賭才發狂切了指頭，那個年代已經遙遠了！

昨夜破了戒，第一次的賭運倒不錯。以後可能不會像以前那樣常輸光光的。不一定會因少了四個指頭而改變；再回去跟他們賭！逢場作戲，遊覽完回了家，不再賭就是。

他掉頭回旅社。

四個賭四色牌的人，拿著牌子入了神。銘生不好意思說誰要讓我，坐在同事老黃旁邊當參謀。

「我讓你，我要出去吃飯。」

金牙老許站起來，銘生挪過去坐他的位子。

「少四隻指頭，怎麼賭四色牌？」餅店的老闆說。

「我賭給你看。」

牌子分到他面前時，他以右手抓起來放在缺少四個指頭的手心上，用唯一的大拇指夾著，右手攤牌。但四色牌外，不如賭棋子那麼好拿；他把揀好的牌，覆放床上。人家出了牌，他再抓起來翻，單手忙不過來，賭伴們不耐煩等他出牌，一人一句催他，他心急，連輸三、四回。

動作不伶俐，影響出牌的思考。他一面賭一面絞腦汁，想用什麼方法來代替左手拿牌。

「等我一下，我馬上來。」

他拍了一下大腿站起來，跑上櫃枱向女中借了一個空牛乳罐子，並請求女中爲他裝八分滿的米在罐子裏。

他回到房間，坐回原位，把罐子盤在兩股間。

「你拿米來做什麼？」

「插牌。」他得意地笑笑。

「鬼聰明，我看你兩手都砍斷了也有辦法賭。」餅店的老闆說。

大家爲他的新發明哈哈笑。

他把牌子用右手拿起來一支一支沿罐子內邊插在米上。再對、局分插好。牌子一支挨一支插成半圓形，彷彿建築工事先圍起來的一排木樁。他高興有了能使他攤牌自如的新方法，喊出了宏亮的發牌聲。

「少得意，這樣插牌，像在死人的靈前插香一樣。」

「這是我賭博包贏的香爐，一定要再把你贏光。」

他等的牌，一支一支在別人的手裏打出來。收場時他算算錢，贏了五百多元。

遊覽車往北旅遊，傍晚停在礁溪的一家旅社過夜。餅店老闆不甘被銘生贏了錢，又邀他賭。

「賭四色牌輸贏慢吞吞的，今晚改賭天九。」

「既然你甘心，隨便你買什麼牌來賭。」

餅店的老闆向人借錢來做莊。銘生起初幾回贏了幾百元，賭至半途急轉而下。他越輸越急，越押越多，到了十一點多，前兩晚贏的和自己帶在身上的全部輸光了。

「沒有錢起來換人！」餅店的老闆揮手要銘生換人。

銘生心有不甘，站起來讓在身邊看的人坐下他的位置。

他向老黃乞求：「五百塊借我，回去後一定還你。」

「輸就算了，不要賭了。」

銘生纏著老黃講好話，一副失志的可憐相，老黃爲難地丟五百元借他。

「五百元總押！」他眉毛一豎，把錢押在第二脚。心頭博博跳著。

第二脚拿上第一支牌來，他緊張地在後面覷。

「三點！六的來一支！」他大叫：「至尊！至尊！至尊！六點一支來！」

牌子一顯，竟是七點！

「七咬七！」做莊的摔下牌子，一下手就把第二脚的錢抓去。

沒有錢賭了，他只好坐在旁默默地當賭蠟燭。

遊覽一個星期，賭五夜，銘生輸了兩千多元。

銘生一心一意要撈回旅遊中輸去的錢。戒賭四年多中，他跟人家的金錢來往很守信用，向人家借個一千兩千，沒有人會懷疑他是拿去賭博用的。每天下午下班後，在家裏幫忙一些事，一有機會就瞞著女人溜出去賭。一個月下來，他積欠人家五、六千元的賭債。借錢給他的人，頭一兩次借他，有借無還，第三次他就借不到錢了。

他想盡辦法要還完賭債，以免女人知道他又在賭博。但除了薪水中抽一點起來繳利息，暫時安頓債主不要向他討錢之外，沒有其他的辦法。家裏的錢都是女人管，第二個女孩淑麗再半個月就要出嫁，女人向他姊妹借了五千，湊滿三萬元，加上男方送的聘金三萬，一共六萬元，要給淑麗辦嫁妝。

電視、電鍋已買回來好幾天了，還有八千多元沒給電器行。晚飯後，女人拿一萬五千叫銘生去跟電器行算帳。剩下的錢買電冰箱運回來；國際牌的，照前天淑麗上電器行選好了的式樣買。

銘生把錢裝在褲袋裏，右邊的一疊一萬元，左邊的一疊五千元，騎上脚踏車出了馬路。

銘生一面踩著脚踏車，一面以少了四隻指頭的左手拍拍兩旁褲袋裏的錢；一下子就把錢還了，未免太便宜電器行，不如拿去賭場周轉一下，贏幾個錢來還賭債。他一路猶豫著，到了電器行的門口，他自語：「就去冒冒險。」用力蹬著車子衝過電器行，彎到戲院前，把車子寄在戲院的脚踏車保管處，攔了一部計程車直駛市郊一個流動性的大賭場。這個賭場每一下注都在千元以上，一場的輸贏三、五萬，那是小兒科。

銘生在連絡處下車，看守的「〇八」把他帶到田野樹林邊的一個雞場的草寮裏。屋內有兩場天九賭得正熱。銘生心跳急促，額角冒著一粒一粒亮晶晶的汗珠。他蹲下來慎重地研判每一個舉牌的人，手運的轉變。他覺得有充分的信心時手掏錢押注。兩個多鐘頭下來，他贏了七千多元。

夠還債了！他溜出賭場，丟四百元給「〇八」，叫「〇八」給他叫車。

錢還完電器行，把電冰箱車回家後，他偷偷拿贏來的錢去還完債務。

「謝天謝地！給了我一個自救的機會，以後我也不賭！」他自我發誓。

淑麗出嫁的前五天，下班後女人拿出二萬元給他，要去把前天淑麗和她未婚夫出去選好的摩托車牽回來，再上電器行買一台洗衣機；日子快到了，先把這些大項的東西買妥，好準備別的事。

兩個褲袋裏的錢裝得鼓鼓的，銘生騎上脚踏車向鎭尾的摩托車行踩去。前天拿錢要還電器行之前的念頭吃髓知味地浮了上來。贏錢的餘興猶存，趁勝利的威風打下去，一定勢如破竹。

「一下子就拿去買太可惜，再拿去利用一下。」他充滿了信心，並且爲自己擅於利用錢的隙縫來週轉覺得很得意。

他照樣把脚踏車放在戲院前的保管處，攔計程車驅向市郊流動大賭場的連絡站。

今晚的場所轉移在甘蔗園邊一塊淡水魚塭的塭寮裏。賭注比前一次大得多。兩個打扮妖野、面目姣美的女郎一押就是三千五千，她們可能是舞女吧？賺錢容易，難怪！做莊的看起來是經歷過社會各種風險的大商人，一派老於世故的紳士風度。座前的黑色公事包，拉鍊一拉開，裝滿一疊疊亮眼的大鈔，可能有一、二十萬。

銘生小心翼翼的，三百五百地下注。那兩個女郎和其他的賭客不時以輕蔑的眼光看看他，他們的眼神譏笑他那麼寒傖也敢來這裏賭。

銘生口袋裏的錢一多，輸輸贏贏，取出放入亂得很。押注了二十幾次後，整個口袋裝滿鈔票紙堆，他一一把它掏出來，有的錢被揉成紙團，縐得像廢紙。他一張張理平，疊好，全部數了一遍，發覺已輸了五千多元！

銘生火狂了，兩頰熱烘烘，怎麼現在才發覺輸了錢，少五千多元，這樣回去，女兒的嫁妝——摩托車是買不成的！冒險押注大一點，也許可以救本。

「三千！」他把錢摔下去，推開他下注的這一脚讓他拿牌。

他用手指把握在手心的兩張牌上下推開一點點，覷了一下，下牌喊：「九點！賠錢！」

「地對！總吃！」做莊的顯開牌，兩手一掃，把各脚的錢掃到，身邊拉開皮包的拉鍊把錢抓起來塞進去。

銘生瞪著眼睛發顫，好！要就死快一點！

「五千！」

被吃。

贏的次數少，輸的次數多，沒幾回合，銘生帶出來要給女兒辦嫁妝的兩萬元輸光了！阮囊羞澀，進來時鼓鼓的兩個褲袋，現在洩了氣，癟癟地貼在腿上。

他不敢回去，愁悶地看人家賭。收場時已經是深夜兩點多了。他沒有錢叫車。當官丟三百元給他，吩咐「〇八」叫車送他回去。

他站在市場邊的小巷口躊躇不敢回家。不回去明早女人一定到處找。在女兒要出嫁的當頭，這事一鬧出去，那實在丟臉！

夜甚深沉，他摸黑走進院子，遠遠就看到廳裏亮著燈，門沒有關。房間裏傳出淑麗的啜泣聲。女人聽到脚步聲從屋裏跳出來！

「你死到哪裏去？我託人到處找都沒找到。你根本就沒去摩托車行。錢拿來還我！要是給我輸了，你祖媽老命要跟你這個賭鬼拚！」

銘生向女人苦笑。

「不知見笑的畜牲，你還有臉回來？世間最沒有辦法的就是不知羞恥、無臉無皮的人。錢拿來！那是淑麗要辦嫁妝的錢，是男家的聘金，不是你賺的。拿來。」

「我明天向人家借來還妳。」

「兩萬塊不是少數，誰要把錢借給你這個賭鬼。砍掉了四隻指頭還敢賭，那麼沒有志氣，不如去跳海，或是去上吊。」

銘生看女人兇虎虎的，兩手叉腰，吼聲吵醒不少鄰居，開門探頭問深更半夜吵些什麼。有的人穿著褲頭站在籬笆邊看熱鬧。他惱羞成怒，抓住女人的頭髮，摑耳光，女人兩手攥住他抓頭髮的手，扭過頭來狠狠咬他一口。他痛得掙開手，女人的頭髮被抓散披在臉上，一手攏開頭髮，一手抓起身邊一把竹椅打他。

他避開，逃出院子外。

「你看要死到什麼地方去，儘管去！這個家不需要你這個賭鬼。」女人跺腳摔椅子出氣，撩開蓋住臉的頭髮：「明天我打電話叫你們兄弟姊妹回來解決，一人走一路，誰也不要管誰。」

女人把門關起來，銘生在籬笆外聽到上閂聲，女人關了廳堂的燈，腳步聲移進房間裏，母女在裏面嚎啕大哭，哭聲震撼著寂靜的深夜。

雞啼兩遍了！十月的初冬深夜，寒氣逼人。銘生坐在簷下抱著兩腳蜷縮著發抖。後悔已挽回不了輸去的錢，明天就厚著臉皮去求姊妹們，一人湊幾千元，先借一下還女人給淑麗辦嫁妝。

「鴻良！鴻良給爸爸開門。」他凍得手脚僵硬，摸到兒子的房間門口叫門。叫了好久，鴻良才起來開門，避開父親的視線，掉頭倒上床，拉上被子蒙住頭。淑麗出嫁後，銘生常想撈回輸去的錢，但身上從來沒有那麼多錢好上那個大賭場賭。跟女人吵架後，破戒賭博在家裏已成公開化了。女人像以前那樣不去管他！他再度沈溺於習慣性的賭癮中過活。

除夕夜，銘生覺得賭博是過新年的正當娛樂，吃過年夜飯後，他找出一個空罐子，裝上米，上賭場跟舊賭伴們賭四色牌。

除夕夜他沒有回家。

元旦一整天，他沒離開賭場一步。

初二早上他的兒子來賭場叫他：

「爸爸，今天是女兒和女婿回娘家拜年的日子，大姊和大姊夫、二姊和新女婿都來了。中午要辦酒席請新女婿，媽媽叫你回去。」

「初二了？」除夕夜出來，一直到現在還沒上床睡過覺，怎麼會是初二了？他望著米罐子裏的牌子發怔：「好，好，我等一下回去。」

打發兒子走後，回家的事，很快就被他忘掉了。

兒子第二次來叫，他照樣說等一下回去，等一下回去，結果仍舊沒有回去。

過午後，兒子帶著大女兒素麗來叫：

「爸爸，回家啦！新女婿快要回去了，不跟人家見見面怎麼可以呢？孫子們也要見見阿公啊。」

銘生不回家，素麗纏著他不走。一連坐著賭了兩天兩夜沒有睡，使他頭昏腦脹，腰痠背痛，實在支持不下了。

他跟素麗回到家，淑麗和新女婿已經回去了。

他跟大女婿打過招呼後，躲進房間倒下床呼呼大睡。

銘生被素麗叫起來吃飯後，一家人在客廳裏談家常，他掏出二百元，分給兩個孩子壓歲錢。

「阿公怎麼少了四個指頭？」大孫兒接過錢，看著阿公的左手問。

「阿公手常癢，把它砍掉的。」女人抱大孫兒過來坐在腿上。

「砍掉不痛啊？有沒有流血？砍掉就不癢了？」

「阿公的手砍掉還是癢的！」

銘生尷尬地笑笑。手指頭爲什麼剁掉，已是遙遠的事，切指的鏡頭淡遠得幾乎要消失了。

「爸爸，輸還是贏？」素麗問。

「輸了！」

「輸多少？」

「一千多元。」

「一千多元如果都給兩個孫子壓歲，孫子會多麼高興！給人家贏了，人家也不感謝你，自己又失眠又損神。」

銘生無奈地笑了笑。以前素麗還沒出嫁，他一出去賭博，素麗會到賭場勸他回家吃飯，回家睡覺。因他母親一到賭場就拿拐杖打他，所以素麗盡量勸祖母不要去找，由她去叫父親回來。素麗已經出嫁四、五年了，現在他出去賭博，家裏的人恨之入骨，沒有人要管他，他想念著素麗以前對他的關懷。

「爸爸，不要賭了，歲數大了，兒子也可以娶親了。將來人家打聽到你那麼愛賭，誰要嫁給你做媳婦。」

「不賭了，我眞的不賭了，賭博實在沒有用。」

銘生站起來伸伸懶腰，沒有睡飽，精神有點迷糊。點上一支煙，吸著走到院子裏散步，探頭看看古井，又抬頭看看屋簷。

「爸爸！你是不是又要去賭博了？兩夜沒有睡，再去睡覺吧。」

「不，剛吃飽飯，我在這裏走走。」

女兒的關心，他非常感動。是的，不應該再賭了！

銘生看素麗抱著孩子玩，趁她沒有注意，假裝上廁所，繞到屋後，拐向廁所後的田埂，再走上村子的巷子裏，吸著菸，一步一步在黑夜中朝上賭場的路走去。

——一九七二年五月脫稿，發表於《中國時報》人間副刊

# 龜爬壁與水崩山

## 七月十八日

娘幫我拿包袱巾包著的棉被和日用品，我拎著放衫褲的手提箱，遠遠就看到慈月提著皮箱在她家院子前的綠竹下等我了。女兒要去工廠改吃頭路啦？女兒會賺錢啦？女兒長大了嗎？國中畢業剛一個多月，今天茅蘆初出，踏入社會，高興自己能賺錢了，卻畏懼對社會的情況一無所知，一出門一切都是生疏的。

「走快一點嘛，清蘭，我等妳好久啦。」慈月輕搖著衣箱，身旁放一大包新聞紙包的東西，外面以網袋裝著，那可能是棉被。

「出外，兩人要相照顧。」慈月她娘在餵豬，看我跟娘來了，放下㕭食料的罐子，在圍巾上擦擦手迎上來：「有閒多寫批（信）返來。」

「娘，妳回去，我自己跟慈月去坐車。」

「我跟妳們到廟口去。」

「我幫妳們提東西。」慈月她娘說：「工廠不是說九點半有車來載？」

出生十六年沒有離開過父母，第一次要離開家到生疏的地方去，心頭畏怯，在路上我不時抬頭看看娘，娘斗笠下露出包巾的臉很憂鬱；她總是不放心把女兒放出去，昨晚十點上床，她翻到十二點還沒睡，一直在耳邊數說：在外面要節儉一點，一個月賺一、兩千元，不節儉賺的錢自己都不夠用。人家說工廠的女孩很隨便，要謹慎一點，不可跟男孩子黑白來；不讓妳出去說妳娘守舊，讓妳出去，變好變歹，實在不放心。早晚天氣涼時，就多穿一件衫子，不要著涼了……

「妳們兩個去工廠，所在生疏，事事攏愛細心。」慈月她娘說。

我們站在廟口榕樹蔭子下等，娘解開斗笠下的花包巾擦拭汗溼的臉。兩個當媽媽的不斷地叮嚀、吩咐、吩咐、叮嚀。一台墨綠色的豪華大型轎車停在我們身邊，司機探頭出來問：

「妳們兩個小姐是應徵去善化福勝針織公司吃頭路的？」

「是啦。」

「一個是呂淸蘭，一個是呂慈月？」司機問。

「是，是我們兩個。」

「來，上來，我是來載妳們的。」司機返身打開後門：「坐後面。」

我詫異公司怎會派這麼豪華的轎車來載我們，兩個做娘的看我們坐這麼好的車子，臉孔的離愁都綻開了笑。

前座已坐了兩個，後座也坐了兩個，這四個女孩可能跟我們一樣，是他們公司到鄉下來貼單子徵求的。司機出來打開後面的車廂幫忙放進行李，我跟慈月鑽進車裏。

車子在兩個母親的叮嚀聲中向前移動，娘的眼眶淚水在滾動，我不敢看她，低著頭咬嚙著下唇。

司機要我們關上窗子，他開了冷氣。車子飛馳著，稻田、香蕉園、竹林、村屋、家鄉遠離啦！車子轉上充滿南國風味的椰子樹公路。車裏冷氣浸身，座位軟舒舒，車子又穩又沒有聲音。司機會把我們載到什麼地方去？不會是騙我們，把我們載去賣吧？

從椰子樹的公路跑上沒有樹的公路、木麻黃的公路；由田野經過街鎮；路邊間有香蕉園到路邊連綿甘蔗園；最後換上路旁兩列芒果樹，芒果生得纍纍墜墜，坐了將近二個半鐘頭的車，路旁的牌子兩個大字「善化」，車子轉入一條土路，不多久到了「福勝針織公司」的大門了，司機鳴著喇叭，守衛出來按電鈕，鐵柵門自動裂裂滑開，車子開進去停在第一棟大樓前。

到工廠啦，不是載我們去賣！我鬆了一口氣，跟著大家鑽出車門；大樓陽台下兩面是黑灰色的落地玻璃，形式壯美。樓前是花園，菊花、玫瑰花開得爭奇鬥艷。噴水池斜右邊的小橋上，用三角梅編成一個圓門，過圓門是花園中的圓環，整理得清爽雅緻。

「身分證給我，我去給妳們辦手續。」司機收了我們的身分證：「辦完交舍監還妳們。」

這個工廠除了右邊兩棟弓型屋頂的平房之外，其餘都是三層長長的大樓，一排一排縱橫十幾棟，建築式樣新穎美觀，廠路整齊潔淨，整個看起來就像豪華的花園洋房。

灰玻璃屋子的自動門，開開關關，裏面坐滿男男女女的事務人員，司機帶兩個中年人出來，拿名冊對著一個一個問名字。

「老黃帶她們四個到毛衣廠的宿舍，老林帶呂慈月去紡織廠的宿舍，我帶呂清蘭上刺綉廠的宿舍。」

中年人帶我到第二棟的大樓，樓下屋裏機械聲隆隆響，對面二樓牆上的管子接頭噴著水蒸汽「咻咻」叫。爬露天樓梯上三樓，欄干上掛著「男賓止步」的牌子，回頭一看，轉彎處也有「男賓止步」，入三樓走廊上又有一塊「男賓止步」，進門，門檻上也有一塊「男賓止步」。老天，我已進入男人禁地的女人國；向前看，向後看，旁邊左右無不是「男賓止步」，慈月不知道被帶到哪一棟「男賓止步」的地方。

中年男人把我交給舍監就走了，舍監是五十幾歲的婦人，帶我進入一間連排著雙人的上下兩層木床的房間。

「靠窗上層裏面那個床位給你。」婦人指著說：「餐廳就在中間那棟房子，等一下上餐廳去吃飯。廁所沿用在走廊的最後面。跟妳同房間的都是同班的人，下午班長會來帶妳去教妳工作。」

屋裏除了床鋪和兩張木頭椅子以外什麼都沒有，我把行李扔在我的床位上，婦人忙她的去了。我一個人在屋裏頓覺離鄉背井的寂寞感。走上走廊眺望每一棟樓房，慈月不知道被帶上哪裏去啦？這裏是什麼地方我都不曉得，要回家去應該坐什麼車再轉什麼車我也不懂；人海茫茫，我變成一個不知道家在哪一方的流浪女！

婦人拿來餐卡給我，叫我上餐廳吃中飯。女工一羣一羣湧往餐廳，沒有一個我熟稔的人，我不敢上餐廳去；在家裏一餐不吃飯，爸媽會連喊帶催，在這裏叫都沒有人叫，喉頭哽咽著，我回寢室，坐在下層的床沿暗自啜泣。

可能是坐車勞累，我靠在床柱上打了一會兒盹，醒起來已經下午一點多了，肚子轆轆叫餓，我眞不知道如何挨過這一天，直覺自己是一個依人籬下的養女。

「妳呂淸蘭？」一個戴白工作帽子的二十一、二歲的小姐進來問我，語音嬌聲嬌氣的。

「是我。」

「我是妳的班長，妳派在刺綉廠我的班上工作，我帶妳上班看人家工作。」

我跟她下樓到第三棟樓房的一樓，一進廠房，一座一座隆隆巨響的龐大機械，每一座約有四、五丈長，一丈多寬，十一、二尺的高，上下兩層，各有一個作業員來回走著注視機械上那一排密密麻麻、千支萬支隨著隆隆巨響一扎一扎的綉花針。機械上襯著與機械一樣長的布，綉針一進一退的扎著布，布慢慢捲高，被千針萬針綉上一排一排的花蕊；好美的綉花布！百貨公司賣的那種價錢昂貴的綉花布就是這樣綉成的？

「妳在這裏看人家怎麼工作，明天我再教妳。」

我站著儍看工作中的女工，沒有人來理我，我也不敢去問人家，這麼高級的布，我哪能擔任這種工作，我好擔心。

下班後我跟人家回寢室，同寢室的女孩叫我先去洗澡。當我進入浴室時，是總間；女孩一個一個脫光身子赤條條的舀水淋身。我嚇得跑出來；她們怎麼敢整羣的脫光身子在一個大浴室裏洗？我想等半夜沒有人洗時再去洗。

「怎麼沒有洗呢？」跟我同床鋪的女孩問。

「我不敢洗，那麼多人在一起洗。」

「有什麼關係，慢慢就習慣了，大家都是女孩子，也不跟男孩子洗。」

我跟洗完澡的女孩上餐廳吃飯，餐廳的門不直接進去，兩片牆做成N字型的迴紋路線，牆與牆之間只容一人走，牆漆黑色的，通道不點燈，暗無天日，我摸黑走了一段，腳踢到牆，原來要迴轉著走，好像走進魔窟的迷魂陣。再摸了一段，餐廳的亮光倏地亮在眼前，男男女女的工人捧著盛好菜的盤子找桌位吃飯，我不懂爲什麼餐廳門口做那麼兩道黑牆的N型迴紋路？也許是告訴工人必須走一段黑暗曲折的路才有光明的飯好吃？聽說好多工廠的餐廳都是這樣，也可能是擋蒼蠅用的吧？那做紗門不是更好嗎？

在餐廳我渴望能碰到慈月，但一直沒有看到她進來。回到寢室，幾個房間的女孩都忙著擠在水槽邊洗衣服，走廊的欄干上吊滿奶罩、三角褲、花衣服、長褲、短裙，我倚著欄干想著被人家用轎車載到這裏來，家不知道從哪裏回去，淚水漣漣地掉下來。

## 七月十九日

昨夜睡得不習慣，整夜半睡半醒，稍合上眼就做夢；夢見我賺好多錢拿回家，在好多宗親的面前神氣地向娘說：「娘妳看我會賺錢啦！」夢見我被陌生人騙進轎車裏載到酒家去賣，酒家五光十彩，猜酒拳的吆喝聲喧嚷著，我坐在酒桌中，桌上坐的一羣妖魔鬼怪搶著要擁抱我、吃掉我；我逃竄著，怎麼也跑不動，後面的色魔哈哈笑著追；我心急跳下樓。人頓了一下，嚇醒啦！流了一身冷汗。醒後一直擔心無法擔任刺綉那種高級布料的工作。

經過昨天這一天，覺得自己是一個能賺錢的大人了，可是早上對著鏡子梳頭，竟對自己很陌生；怎麼還是清湯掛麵的學生頭？唉！畢竟國中畢業一個多月，才足十六歲呢。

我學同寢室的女孩把藍色的圓帽包在頭上，跟她們去上班。八點是交班的時間，一羣一羣包藍帽子穿暗紅夾克的女工從各棟樓上的寢室下樓來，到各工廠換班去了。其中間雜一、兩個包白帽子和黃帽子的，聽說黃帽子的是指導員，白帽子的是班長，藍帽子的是作業員。

我跟人家進入刺繡廠，下班的人自動下班走了；上班的人自動站上崗位接下工作，在刺繡的大機械邊開始走來走去。

我正猶豫著要把自己擺到哪裏去，昨天那位戴白帽子、說話帶點愛嬌的班長來找我了。她帶我到機械的頭端，指著卡答卡答滾動、千孔萬洞的長卡片告訴我：

「刺繡機完全是自動的，卡片在操縱機械所綉的花樣，卡片上的孔就是花紋的圖案，每一支卡筍一鑽進卡片的孔，受控制的針就扎布一下。卡片有專門設計的人設計花樣，也有專門打孔的人照花樣打孔。這些我們可以不管，我們的工作是看機械穿線。機械上的針一斷了線，上面的警報器就一閃一閃亮起紅燈，叭叭響。這時妳就趕快找出是那一支針斷線，趕快穿上。穿上線恢復正常，警報器就不響了。妳要學的是以最快的速度找出斷線再穿上。」

班長帶我看機械上那排密密麻麻一扎一扎的針。她把一支針的線掐斷，果然警報器閃亮著紅燈，發出叭叭叭的叫聲；她拿一支小鉤子，很熟練的勾上斷線迅速穿過，警報器的紅燈熄了，叫聲也停了。

班長帶我全廠繞了一圈，她一面指給我看一面說明。我不能完全聽懂她說的，但對作業過程已有了一點概念：花樣由設計室設計出來，用放大機放大六倍，再經打孔機打出卡片。刺繡機上下兩層刺繡，一部機每次上下兩層各入一疋布。當成品完成要下機時，女指導員猛吹哨子，把專門下布、上布、捲布的三名男作業工叫來，由他們爬上機台去做，女孩子則幫忙拉布，以免被針劃破。原胚布繡完一尺半至兩尺，必須停機五分鐘，由男生捲下繡好的布，再開機械繡未繡的布。每疋布就是機械的長，有十五碼。繡完下機的成品，由專門運輸原胚布和成品的工人開車子推到初檢處進行第一次品檢。然後由繡補的女孩用針車繡補斷線的地方。初檢人員負責統計故障次數——斷線未繡之處，斷針弄破布的次數與油污等等——來核定機台人員的成績，並藉以決定每塊布的繡補工資。每一個故障的繡補工資，在一年前爲七分錢，目前爲要挽救女工的流動性，提高爲二角五分。

「因爲繡補人員的工資跟操作人員的成績，都算故障數來決定；如果故障少，繡補女生工資低，全部跑光。因此有一次副廠長暗示初檢人員將故障數提高，使繡補人員工資增加。但這樣一來，影響了我們機台人員的成績，大家怠工；上面要求的緊，下面不聽話，害得我這個當班長的管得哭了出來。甚至有一次繡補人員及機台人員爲了各自的利益吵起架，由叫罵到打架。」班長把我當做姐妹訴說著！我跟她相視而笑：「妳對工作要認眞做，一有斷線或是斷針要馬上處理。」

「謝謝您，班長，我會用心學習，用心去做。」

「還有，要注意安全，有一次有一個女工要拿東西，脚踩上機台的邊沿，沒踩穩滑進機槽裏，脚趾整個被機械壓破，噴得滿地的血。她又不敢叫，倒在地上掙扎，人家看到把她扶起，她已暈倒啦。」

「結果有沒有殘廢？」我慌張的問。

「幸好，治好了，我們出來做工賺錢，第一要求安全。」

班長帶我回到原來的機台邊，吩咐作業員王金菊教我。她巡視別的機台去了。

我隨在王金菊後面，貫注一扎一扎的針，開始學穿線。

# 七月廿二日

學習了四天，我已能操作機械了，只是動作緩慢一點而已，相信再過幾天，就會很熟練。今天我獨自操作下層機台，到了交班下來，腿和眼眶早已發痠，人也很疲勞，但是精神很愉快，我爲自己能操作那麼大的刺綉機驕傲，爲我操作的機械綉出各種高級的綉花布興奮；我有工作能力啦，我眞的會賺錢啦！

下午有一位個子高高的年輕人帶他的朋友來參觀刺綉廠，他以我的機台做示範，指指點點向他的朋友說明綉花機的原理、性能、操作方法，他說明的比我班長敎我的還仔細。可能他是廠裏的幹部。

「這樣一部機械要多少錢？」他的朋友問。

「有西德的和日本的兩種，西德的六百萬，日本的三百多萬。」

「價錢差那麼多？」

「西德的故障率少，速度快，壽命長日本的一倍。日本的常會發生故障，速度也慢。」

「一部機械一天二十四小時的產品有多少？」

「要看刺綉的花樣，有的可生產十疋，有的可達二十疋，每疋的長就是機台的長——四十五尺。」

「價錢怎麼賣？」

「我們廠的綉花布是外銷，每碼從美金五元到七·五元。不同的質料、不同的花樣，價錢不相同。也有每碼二·八元到三·五元美金的。」

「這樣一部機械一天可賺多少錢？」

「每天大概可以生產台幣三萬五千元到四萬元的布。扣掉原料、消耗、人工、雜費、機械折舊，約可淨賺新台幣一萬元到一萬五千元。」

「喔！那麼好賺？」

「是啊！你如果有錢，可買幾部來設廠。」

「我哪裏來這麼多錢買機械。」

「我們老闆常誇口說：他錢賺錢像水崩山；我們拿他薪水的，人賺錢像龜爬壁。我們賺工錢的，永遠不敢做這個夢，永遠是人賺錢龜爬壁。」

他的朋友搖搖頭，指著我問他：「像她們作業員，一個月賺多少錢？」

「兩、三千元。」

「跟老闆的機械賺錢比差得太多啦！」

「有什麼辦法！」

「市場沒有問題吧？」

「目前台灣這種機械大概不會超過六十部，我們供不應求，訂單有的都不敢接，生產不出那麼多。」

「你們廠一共有幾部這種機械？」

「這樣一棟廠房安裝六台，有五個廠房，一共有三十台。」

他們邊談邊看機械的綉針綉布，他還故意把線掐斷，讓警報器閃著紅燈叭叭響。

「小妹妳來幾天了？我沒有看過妳。」他問我。

「前幾天來的。」我說。

「做的習慣嗎？」

「還可以。」

他們打開廠房的門出去了。

「那個帶人來參觀的，是哪一個廠的人？」我問旁邊機台的女孩。

「他叫黃宿嘉，大學畢業，在我們刺綉廠辦外銷。他出去那個門就是刺綉廠辦公室通廠房的門，他在裏面工作。」

我算了算三十部刺綉機，一天可賺三十多萬到四十五萬，我驚訝地伸伸舌頭。在我想像中，中愛國獎券是最容易發大財的事，現在我才知道世間有這麼容易發大財的人；老闆光刺綉廠就等於一天中一張特獎愛國獎券，別的廠不用說。

晚上我第一次寫信回家，告訴父母我的工作情況及我聽來機械賺錢的事，我說我家如果有一部這樣的綉花機械，一個月的收入就等於中一張特獎的愛國獎券。

## 七月廿五日

午飯，餐廳的飯桶擠滿了盛飯的女工，我踩到了一個人的脚，他「啊——」的大叫，我倏地舉起脚轉頭看，我踩到的竟是一個只有我膈肢窩高的小女孩，她五、六年級小學生的模樣，大約十二、三歲吧？怎麼會忽然鑽出一個小女孩呢？

「失禮，失禮！小妹妹，對不起！」

她兩眼幽怨的瞪瞪我，沒答腔，拿起飯匙盛飯，捧到牆邊她放菜的桌子坐下來吃。我盛了飯坐在她對面吃。

小女孩的臉孔沒有半點童眞的笑紋，經過人生不少滄桑似的呆滯納悶。她爲什麼沒讀國中而出來做工呢？也許連國小都沒畢業，是不是家太窮，需要她幫忙？由她我想起了妹妹，妹妹比她還高，吃飯有時還要吃不吃的，好吃不好吃地吵。如果像她國小沒畢業就夾在一、兩千工人的工廠做工……我眞不敢想像下去。抬頭看看小女孩，臉孔勞累的不像小女兒，假如不是留學生頭，可能像一個勞累的小婦人！

在上下班的工人羣中，我發現夾有幾個類似她的男女童工，看到他們我會哽咽欲淚，聯想到需要他們小小年紀做工幫助的貧窮的父母跟破落的家。

## 七日廿六日

晚飯後沒有地方走，很無聊；上街要走二、三十分鐘，懶得出去。我在我這一棟宿舍走了兩趟，探探每一間屋裏的情況。房間都是一律的，同樣是床鋪之外什麼也沒有。除了少數的幾個出去之外，大多數的女孩都坐在床鋪上閒談，上鋪的人坐在床鋪上還要爬上小床梯。下鋪的人歪斜著靠著棉被，頭上就是上鋪的床板，只可坐著移動，稍微伸上身，頭就會碰到上鋪。大夥兒就這樣在床鋪上挨時間！她們也不想利用時間看看書，我是喜歡看書的，但沒有帶書來，廠裏又沒有閱覽室。這麼大的一個工廠爲什麼老闆不辦個小型圖書室給女工有看書的機會，培養讀書風氣，利用挨時間的空檔使女工看書來充實充實自己。大概老闆只想賺錢，從不爲員工著想。

我下樓一個人繞各棟廠房蹓躂，這個有兩千個員工的工廠，除了一個簡單的網球場外，沒有半點福利設施。三三兩兩的男女工人沒處走，站在樓梯頭或廠房的牆角說話，他們大概在進行戀愛前奏曲吧。

福利社在廠內後角圍牆邊，是棉瓦蓋的簡陋矮房子，熱烘烘的，滿房子麵攤的油污煙氣。我坐下來吃了一碗刨冰，燠悶難受，有一些女工坐在長板凳上看電視，她們看得蠻有趣的。老闆賺那麼多錢，這個員工唯一消遣吃東西的地方，實在也該蓋好一點。

逛到辦公大樓前的花園，這裏是全廠最清爽的地方，圓環的磚堤上坐了一、二十個女孩，聊天唱歌，幾個二十歲左右的男工坐在對面搭訕。她們壓低聲帶唱著哀怨的失戀歌，唱得很愉快。這機械聲中的異鄉夜晚，她們低沈的韻律，給我的感受是一灣嗚咽的流水，潺潺流走我們這些少女被機械搾剩的青春。

## 七月廿七日

午餐，餐廳中間多了一桶肉燥湯，聽說是老闆（總經理）加的菜。也許是平時伙食差，油腥不足，大家捧著飯擠過去搶瓢根舀進碗裏攪飯，一下子一桶肉燥湯被舀光。後上的人有人望著空桶拿起瓢子故意敲空桶，有的故意用瓢子刮幾下桶底。

有人跑去告訴總經理，總經理來了，看看桶底，雙手叉上腰，兩眼發火，腮幫脹鼓地掃視吃飯的人。好神氣，三十歲左右的年輕人，那副表情就在暗示：你們這些工人，吃我的，爲什麼不守規矩。我很難過，低頭嚼飯，偶一轉頭，身旁坐的是黃宿嘉，老闆瞪眼看人吃飯，他瞪眼看著老闆。老闆走了。黃宿嘉拍著桌子嘀咕：

「有什麼好看的，偶爾加一次肉燥湯神什麼氣。老闆都是吃我們的，我們每人每月扣三百六十元的飯錢，老闆說他貼伙食費給我們吃，鬼曉得。假如他貼了錢，伙食會這麼差？我看他不但沒貼錢，他每天中午在廠裏吃，廚房給他煮好菜好肉捧過去，那些好菜好肉都是揩我們的油，吃我們的。」

「我們每月扣三百六十元伙食費？」我問。

「早晨兩元，中晚每餐五元。」

「一個月只扣三百六十元伙食費，老闆如沒貼錢，難怪伙食不好。很多在工廠工作的女工，都比在家時瘦，可能都是伙食差，營養不足。」坐在對面的一個女孩答腔。

「爲什麼不多扣一點，辦好一點。」我說。

「薪水低，老闆不敢扣多。」黃宿嘉說：「扣少他也可自誇：我給你們扣很少的伙食費，你們的伙食費我貼不少錢。」

「我看能按照所扣的伙食費辦理已經不錯了，買菜的人不會再揩一點油？」對面那個女孩說。

「慈月！」我看見慈月在左邊的餐桌上吃飯。

「清蘭。」慈月把菜盤捧過來跟我坐同桌。

慈月兩頰清瘦了很多，包藍帽子，也穿工作服，土女工一個，與原來清秀的她判若兩人。

「我一直在找妳，都找不到妳。可能我們輪班的時間不同，不同時間吃飯，所以在餐廳都沒碰上。」

「我也在找妳，我在紡紗廠。妳呢？」

「我在刺綉廠。妳做的習慣不習慣？」

「紡紗廠棉灰到處飛，又沒有口罩戴，好難受。」

「妳們做過幾年後，開胸解剖，肺部一定都是棉屎。」黃宿嘉說。

「那老闆為什麼不買口罩給我們戴？」我問。

「他們算盤打得很精，假如一個女工一個月用一個口罩，一個十塊錢的話，兩千個女工一年就要二十幾萬。這種暴發戶老闆，不管女工會不會得職業病，一年二十幾萬省下來，也是一批可觀的錢。」

「菜不好，我吃不習慣，經常跑去福利社吃麵。」慈月說。

我帶慈月到我的房間去，然後跟她上她的宿舍。她給我介紹了紡紗廠十幾個同鄉的女工，雖然沒有交情，一認起同鄉，有他鄉遇故友的親熱。

「我們那十幾個同鄉的女孩，她們都嫌薪水低，做這種工沒有什麼前途，想到別的工廠去做做看。」慈月送我回來時跟我說。

# 七月廿八日

下午交完班洗好澡，宿舍西照日，屋裏曬得蒸發著烤餅的烘熱；我下樓在辦公大樓的樓蔭下乘涼。樓前的陽台下，放三部並排的轎車，乳白色，金黃色；靠右的是銀灰色的大型轎車，光潔發亮，氣派高貴。有一個十六、七歲著工作服的女工，倚在車身，羨慕地撫摸它。她手髒，又有汗水，摸過的地方印上一道一道霧溼的髒痕。這時一個派頭昂揚，六十歲左右，白胖白胖的男人，從我面前走過要彎進辦公室，他走近車邊，駐脚瞪眼看摸車的女孩；她抬頭看有人瞪她，縮回手轉身看旁邊。

「妳怎麼把我的車摸得這麼髒？」

女孩垂下頭。

「雙手發癢不會去磨壁？」

那人走上前手指戳到她的額頭，女孩畏懼轉身走離他。

「跪下。」

他發威命令：「跪下！」

「跪下！」他手指著地，一步一步迫上女孩。

女孩不得不停脚轉身面向他，兩眼哀求地望望他。

「跪下！」他堅決命令。

女孩膝蓋彎曲，緩緩下跪，頭低垂得下顎抵著胸口，兩頰羞紅。

「以後再這樣不懂規矩就把妳開除掉！」

我偏過頭，不好意思看；對面黃宿嘉站在刺綉廠辦公室門前，雙手叉腰，狠狠的瞪著罰女孩跪下的男人看，男人被瞪得不好意思，打開車箱拿出一塊布遞給女孩。

「起來！把摸髒的擦乾淨！」

女孩站起來接過布，悶聲掉淚，擦她摸出的髒濕的手印。男人進入辦公廳了，女孩勾著頭啜泣。

「不要給他擦啦！」黃宿嘉大步奔上來，拉著女孩到大樓後面，我跟著他走。

「那個人是誰？怎麼那麼兇？」我問。

「我不知道。」她泣不成聲。

「他是董事長，總經理的父親。」黃宿嘉說：「不要哭了，妳原諒他是個暴發戶，不懂得愛惜員工。妳還國中畢業，他只讀小學，妳的教養比他好，不要哭了。」

女孩撬起衣角擦乾淚，向黃宿嘉道謝，垂著頭回她宿舍去了。

我慶幸這件事不是發生在我身上，假如發生在我身上，我很可能羞慚得跳樓自殺！像這種事也無從注意起；每一個人都會那樣羨慕地摸摸車子的小事！就算她歹運吧！

「你說董事長只讀小學，那他怎麼能經營這麼大的工廠呢？」我問。

「我的意思並不是說讀什麼學校才能做什麼事，也不是看不起他只讀小學。我的意思是，董事長工廠開得這麼大，對員工的觀念還把員工看成下人，看成奴隸，自己高高在上，像他對那個女工，這種土財子的大老闆氣焰實在要不得。」黃宿嘉已經不那麼生氣了。

「他哪裏來這麼大的本錢，開這個工廠？是不是他們祖先就是有錢人？」

「他原來是個種田的農夫，八、九年前，針織業在台灣剛興起，他把他所有的四、五甲地賣掉，再招一些親戚入股，就這樣開起左邊那兩棟矮房子的針織廠，只有一百多個工人。起初兩年不會經營，虧本虧得幾乎要倒閉。後來從日本請人來經營，日本人經營了兩年，爲他打開外銷路線，管理也上了軌道，就還他自己經營。以後他們股東的兒子也大學畢業了，加入當起經理、總經理，賺了錢買下旁邊的土地，那幾年針織業旺期，賺了不少錢，擴建廠房買綉花機設廠，又大賺特賺。然後又增設紡紗廠和花邊廠。從兩棟平房一百多個工人的小廠，發展到擁有兩千多個工人、十幾棟廠房大樓的大工廠，不過六、七年的時間，眞是錢賺錢水崩山。類似的暴發戶，佔了低廉工資的便宜，大賺特賺，他們只知道賺錢，不顧勞工法令，不爲員工著想，這麼大的工廠沒有工會，又不按法令提撥福利金，實在應該想辦法來教育教育他們，讓他們對員工有一點企業良心。」

黃宿嘉這個大學畢業的人，言下之意，似乎不甘為土財子做事的樣子。

「你也想辦法去開一家工廠吧？」我向他開玩笑：「你當了老闆，我去做你的工人。」

「就是嘛，我最近就常想要想辦法招股買機械來錢賺錢。像我們綉花廠，一部機械一個月可淨賺三、四十萬；一部機械的人員連設計人員、準備人員、綉補人員，算多一點，就算二十個人好了，一個月總共也只不過六、七萬元的薪水（多算一點），眞是龜爬壁！憑良心講，我們綉花廠的女工，每月每人薪水發一萬元，老闆都還能大賺特賺。」

我聽得蠻有趣地笑笑：「你趕快去開一家工廠吧。」

「我假如有能力開工廠，我一定高薪雇用女工，每年把所賺的錢分紅利給員工。我的企業目的在於造福員工；讓每個員工以薪水、年資或紅利入股當股東，是工人也是老闆；資本大衆化，賺錢大家分。我要做到『工者有其廠』，這樣才能達到民生主義的均富目標。」

他說得慷慨激昂，我抱著肚子笑：「不要吹，等你當老闆時，我看也是土財子的做法，暴發戶一個。」

「假如我不是土財子的做法，妳就要嫁給我是不？」

嗳唷，怎扯離了譜。女工們都說：他們辦公室的男孩一找上我們女工，都想玩我們，吃我們的豆腐，且說話都很不客氣。我看他也犯了這種毛病，這個玩笑開得太不像樣了，我不理他。

「妳做得習慣嗎?」

「還好。」

「不習慣就捲鋪蓋換別家,目前工廠需要女工龜爬壁讓他們水崩山的,多的很。不習慣就辭職,我可以給妳介紹別家。我看不慣暴發戶對員工的做法,最高興看員工到別家去,讓他們不得不提高薪水來留住女工。」

## 七月三十日

我跟同寢室和同廠房的女孩相處的很好,漸漸打入她們的生活圈子了。昨天第一次隨三、四個女孩走二、三十分鐘的路,去逛鎮上的街道。

晚上菊芳和春英邀我在廠路散步。在籃球場邊的草地上,碰到兩個男孩子,菊芳好像跟他們很熟。

「上哪兒去?建山。」菊芳問臉上帶著微笑,看起來很老實的男孩。

「想找妳去凍露。」另一個穿緊身束腰綠底紅花襯衣的男孩答。他二十歲左右,留鴨尾狀的長披頭,褲頭掛在跨骨上,沒有繫皮帶,人不高,腰身卻顯得瘦瘦長長。啣著一支煙吞雲吐霧,臉孔生得不難看。

「妳新來的？」他問我。

「來十幾天啦。」

「什麼地方人？」

「屏東的田莊人。」

「登森請客，到福利社去吃冰。」菊芳向長披頭的說。

「不叫妳愛人請，叫我請？」

「反正就是你們兩個男的請。」春英說。

一人吃一碗清冰，步出福利社門口，春英說她有事先走，菊芳要我一起去散步。兩男兩女，從毛衣廠的牆邊漫步走上池塘邊黑暗的樹堤下。池塘有魚潑剌的跳水聲，圍牆外是田野，蟲聲唧唧。圍牆內是豬欄，養二十幾條豬，撿員工吃剩的飯菜給豬吃，豬屎再流入池中給魚吃；陣陣的豬屎味，臭死啦。

菊芳跟建山不知道走到哪裏去啦。廠房的燈光照不到這裏來，樹下很黑，身邊有一個男孩子，我慌張不知所措。長披頭挨近來牽起我的手。

「跟男孩子散步過沒有？」

我摔掉他的手走離他。

「我看妳還沒戀愛過，不知道戀愛的滋味。」

「我不會戀愛。」怎麼向他說這種話?眞是無聊。

「我教妳。」他又拉起我的手。

「免你雞婆。」我縮回手，兀自走。

「來啦!我教妳。」

他猝然衝上來攬住我，摟入他懷中，嘴湊上來親我的嘴;我避開頭，他扳住我的頭硬吻,手揷入我胸口撫摸;我狠狠抓住他的頭髮拉開他的頭,掃走他揷入胸口探索的手,掙脫他的擁抱逃開。我跑到廠房燈光照亮的路，回頭看，他沒追來，鬆了一口氣放慢腳步用走的。髒死了!我一直吐口水;一種違背父母做壞事的罪惡感啃噬著心。口水吐乾了，還想吐口水。吐不出口水，一直要翻腹作嘔。

「清蘭!」春英在樓梯上叫我:「你們上哪裏去啦?」

「他們上池塘的樹堤下，太暗了，我跑回來。」

「那兩個男的很壞。建山是菊芳的男朋友，不要看他很老實;上個月一個星期天的晚上，我們寢室的女孩除了我和菊芳以外都回去了。十點多，建山潛進來找菊芳，我睡在上鋪，他們不曉得是沒有看見我，或以爲我睡了，建山硬脫菊芳的衣服，竟敢在我對面下鋪菊芳的床上搞起鬼來，我假閉著眼，看都不敢看;所以剛才走出福利社，我就溜走。」

「他們敢這樣？」

「我怎麼曉得！」春英又說：「另外那個留長披頭的，聽說好野；他在毛衣廠工作，有一次一個女孩推毛衣進去升降機要送上三樓。他幫她推一些進去，當升降機升到樓跟樓的中間，他把門打開，使升降機停住；那種送貨的升降機，門就是開關，門一打開就停止不動，樓上的人不能要它升，樓下的人不能要它降；他就在升降機裏面消磨那個女孩子，剛才我看菊芳是有意把妳牽給他，妳要小心。」

「那個女孩不會叫？」

「他就是看準她不敢叫！」

心房不停地跳著，我眞不敢想像，它偏繞著妳想！也許這就是戀愛，戀愛就這樣子？歌仔戲演的，公子流落到千金小姐家的花園裏，兩人眉來眼去一陣子，就進入千金小姐的閨房同枕共帳！這就是戀愛？我不懂！那個長披頭的眞的是太野了，連他的名字都還不曉得，就那麼粗暴。

我跟春英九點半回到寢室，她們都在睡覺。晚上輪到十二點交班的大夜班，還可以睡兩個多鐘頭。我躺上床，長披頭強吻的那一幕使我心驚眼跳，毫無睡意。菊芳回來時已十一點四十分了，她沒有上床，一個人悄悄的換上工作服，包上藍帽子。

「喂！交班的時間到啦！」她喊醒大夥兒，自己下樓去了。

交班時的喧嘩聲響起了；從廠房出來的回宿舍休息；從宿舍出來的進廠房接班。廠路上喊喊喳喳地走動著穿工作服包藍帽子的女工。

## 七月卅一日

輪大夜班剛三天，夜間工作，白天睡覺，還不習慣。今晚我輪到看守上層機台，剛守上層機台時有點怕；一尺多寬的走板，靠在離地一人半高的機械中腰；下面是機械，身旁一邊是機械，一邊是跨骨高的欄干。機械開動的隆隆巨響中，人就在板上走來走去，巡視機台那密麻的刺繡針。起初兩三次，低頭看下面，自己宛如走在懸崖絕壁的小徑上，手脚會微微發抖。

今天白天睡不著，稍微閉上眼，昨晚那個披長髮，穿束腰花襯衫的男孩就浮上腦子裏！有點後悔；昨晚實在不應該跑，嚐試嚐試他擁抱、溫存、撫摸、親吻的滋味，也許那是難得的機會？也許一嚐試後果就不堪收拾，還是逃開好。

十二點交班，睡意卻來了，強忍了兩三個小時後，眼睛澀澀的，睜不開。閉上眼，警報器叭叭響，惺忪中趕緊找斷線的針，穿好線，醒了許多；覺得是寐了一下了，不知是走著睡？站著睡？或只是閉了一下眼睛而已？

看看錶，時間過得慢吞吞的，覺得已經交班工作好久好久啦，怎麼才四點半！這麼愛睏怎能熬到天亮八點交班。搖搖頭，用力睜開眼睛振作起來，睡意少了些；昨晚被強吻強摸的場景又在眼前了！假如不掙脫跑掉會變成怎樣呢？可能陶醉在他的摟抱中纏綿在一起。唉，髒死啦，昨晚一直吐口水，千萬記住娘的話，不要跟男孩子黑白來。

眼睛又澀起來啦，警報器叭叭叭叭……想睜開眼來找斷線的針，昏昏沉沉的，找不到是哪一支針斷了線，眼睛還是睜不開，半瞇著眼；叭叭叭叭……

啊，……

脚一踩空，頭向下栽，只覺一剎那的懸空下墜，人摔下撞上地……叭叭叭叭……

「清蘭掉下來！清蘭掉下來！噯唷！清蘭掉下來啦！」守下層機台的瑞金驚慌的哭叫。

我掙扎著坐起來，耳朵唧唧響，頭暈眩發黑，眼前火金星閃爍，鬢邊癢癢的；伸手摸摸，血！血！

「救人喔！救人喔！」對面車台的女孩跑過來。

有人扶我，暈眩漫上，黑影漫上，我暈倒了。

## 八月二日

「清蘭，清蘭！」

似乎有人在身邊低聲叫我，眼睛睜不開，沉睡難醒，頭激烈抽痛，意識不清；靈魂在半昏半醒中游離。

「清蘭，清蘭！」有人搖我：「清蘭，妳醒來。」

我張開眼，凝聚精神才看清娘的臉俯對著我，淚水盈眶，滴滴答答掉在我脖子上。屋裏全是白色的，旁邊跟對面，一張一張躺著人的床；這是醫院？娘什麼時候來？我動了動身子，娘壓住我的手說：

「不要動，在打針」床邊一支鐵架上吊著一大瓶黃色的針藥。

「甦醒了！」爸爸從外面拿一包東西進來，娘說。

「那就脫離險境啦！」爸爸手拿他剛去換冰的冰枕，抬高我的頭換上冰枕：「現在感覺怎樣？」

「頭很痛。」我輕輕晃著頭呻吟。

爸問我掉下去的情形，我一說話頭就抽痛，娘阻止他再問。我閉上眼又陷入半睡半醒的昏迷狀態。背後躺得發熱，左翻不舒服，右翻也不舒服。

「醫生說：腦震盪，不要亂動，忍耐一點。」娘輕聲哄我：「妳暈了兩天兩夜，我們擔心死啦。」

「娘，你們怎麼知道。」

「他們打電報去的。我跟爸接到電報心肝都碎啦，兩個人分頭借了錢，請計程趕來，光車錢就五百元。」

腦震盪？什麼是腦震盪？我不懂，不過光是暈了兩天兩夜就可知道傷勢的嚴重；我摸摸頭，頭包著紗布！

「頭裂了一孔，縫五針。」娘說。

這下子可能要花不少錢，出來吃頭路，錢還沒賺到，就叫父母借債花錢，我眞過意不去，淚水忍不住滾滾而出，娘陪著我哭。

「妳哭什麼？孩子在哭，大人也跟著她哭？」父親生氣罵她，娘咬牙忍著；拿毛巾擦我的臉，再擦自己的臉。

護士不時來量體溫、血壓、打針、送藥。時間在痛苦的煩燥中一秒一秒地挨。

家裏沒有人照顧，爸在傍晚時搭車回去，可能要到半夜才能到家。

慈月下班後來幫娘照顧我，她沒回去，坐在椅子上，伏在我的床沿睡，娘說她每晚都來。

## 八月三日

下午同宿舍的女工有十幾人來看我，她們大包小包帶來了水果和牛乳。人多沒有椅子坐，圍在病床站著向娘問我的病情。

「在工作中掉下機台受傷，算是公傷，醫藥費應該由公司負擔。」春英說。

「前天她還沒醒，有一位黃先生來看她。他說他要向刺繡廠的廠長說，請廠長去要求總經理負擔一切醫藥費和公傷假。」娘說。

「民營工廠大部分不按規矩來，這要看老闆的度量啦。」

「這種事老闆都會推給勞保，妳來住院有沒有辦理勞保？」

「我不知道。」我說。我根本不懂什麼叫勞保。

「頭一天有一位事務課長來看她，說是總經理派他來慰問的，送五百元和一包東西。」娘說。

晚上八點多，黃宿嘉帶我們刺繡廠二十幾個女工來看我，她們募捐了四千多元拿給娘。黃先生說我剛進廠，還沒辦理勞工保險的投保手續。就算辦理了，剛投保就有事故，勞保也可能不負責。公司方面，總經理說這是我自己不小心跌下的，公司不負責醫藥費，而且只能給三天不扣錢的病假，超過三天的假就不付工資。

「那醫藥費只有我們自己付啦？」娘問。

「這種暴發戶工廠，老闆都不遵守勞工法令，他們對員工，還是那一套舊農業社會的剝削觀念。」黃先生說。

「沒有人好爲女工說話？」娘問。

「我們工廠老闆連工會都不給成立，有人要發起組織工會，老闆就把他辭職，不然就報警察局說是什麼思想有問題的不良分子，讓警察來叫去問這問那。沒有工會就沒有人要爲工人向老闆爭取。」

「其實有工會也沒有用，工會的負責人大多被老闆收買，成爲傀儡。」

「老闆如果不出醫藥費，我們大家都辭職。工資低，又沒有道義責任，幹的沒有意思。」

「要辭職就多邀一些人，同學、同鄉、朋友，大夥兒一起著辭職。薪水低，沒有福利，到處做都一樣，沒有什麼好留戀的。」

我由衷地向她們道謝，對她們的盛情，不知要如何報答。

## 八月七日

父親今天拿錢來淸醫藥費，辦理出院手續。住院八天一共花一萬二千元。想出來賺錢，結果反而使父親借錢來放人。

「爸！等我回家保養恢復後，再出來吃頭路，賺錢還這些債。」

「你們總經理的五百元和慰問品，拿去還他。我們不必收他這些錢和東西。」父親氣惱公司一點也不負責醫藥費。

回到工廠，父親在守衛室等我們，我帶母親上宿舍整理行李。寢室鎖著，我找舍監來開門，整個寢室空空的。

「她們在前天領了錢都辭職了，一下子三十幾個不做；女孩子就是這樣，要走，趕羣結伴，整羣的走，宿舍空了六、七間。」舍監奧巴桑說。

我不敢到總辦公室去見總經理，上刺繡廠的辦公室找黃宿嘉，託他把總經理的慰問品和五百元送還他。黃先生陪我開門進刺繡廠向女工同事道謝。在廠工作的都不是去探我病的那些熟人。黃先生指著兩部沒有開的機械低聲說：

「刺綉廠兩天之內，有三十幾個辭職。廠長不讓她們辭，她們提著箱子就走。」黃先生擠擠眼笑笑：「總經理下令廠長研究她們辭職的原因。我不好意思向他說：『不用研究，去問呂清蘭。』」

「這兩部機械就因爲她們辭職，沒有人操作，停止生產？」

「就是嘛，我看最少要停二、三十天；目前到處缺女工，要招到三十幾個不是那麼容易，招到了還要訓練。起碼要損失上百萬。老闆爲了刻薄工人，不付妳公傷的醫藥費，引起更大的損失。」

我覺得這都是由我而起，一時內疚，臉熱心慌，頭隱隱抽痛，趕快上宿舍找娘。行李都整理好了，娘一手拎棉被，一手提衣箱。我們下樓來，黃宿嘉站在樓梯口等。

「這是妳的薪水。」他遞一個紙袋給我：「算算看。」

「不用算。」我笑笑，連紙袋上的金額都不想看：「龜爬壁，差一點賠掉命的零星錢，有什麼好算的！怎麼算也崩不了山。」

我沒有辦離職手續，黃宿嘉送我們到警衛室找父親。舍監追出來問：

「妳要不要再來？」

「最少要靜養一兩個月，等身體復原再講。」父親愛理不理的。

「身體好了後寫信給我，我給妳介紹別的工廠。」黃宿嘉說。

「我等你趕快自己開工廠當老闆，讓我到你的工廠去做『工者有其廠』的工人。」

「是工人也是老闆。」他笑著說：「妳等著瞧，我一定要爲『工者有其廠』奮鬥，使它實現。」

步出廠門，圍牆到處貼寫毛筆字的紅紙：「急徵刺綉女作業員，待遇從優。」

——一九七六年六月十八日脫稿，發表於《聯合報》副刊

# 陞遷道上

## 一

登山郊遊的隊伍散散落落爬到半山腰，山勢略陡，荒草盡頭路徑縮小蜿蜒伸入樹林中。女孩子們三三兩兩進入樹蔭裏尋路往上爬。

「到這裏就好了，再上去恐怕有危險。」經理林進貴在後面叫。

女孩子們仰頭看看山頭，並沒有什麼危險的，一路縱隊在雜樹中行人踏出的小徑上往上爬，沒有人理會林經理。

「侯麗珊！叫妳的班員不要上去了。」林經理雙手捂在嘴上當喇叭喊。

侯麗珊離開班員回頭走，咕噥著林經理的權利慾未免太大了。在廠裏大家對他唯命是從慣了，連她們自己組成的登山郊遊也要管。

「這個矮山不會有什麼危險，她們要爬是她們的自由，業餘時間我們管不著。」

「那麼陡，太危險啦。」

「不會啦！」侯麗珊下坡奔過去：「經理參加她們的登山隊，應該跟她們一起爬上才對，怎麼爬到這裏就不上去了？」

「上去沒有什麼意思，妳也不要上去，跟我做伴在這裏等她們下來。」

跟他幾年同事，侯麗珊知道他很惜命，怕出車禍連摩托車也不敢騎。有一次在廠門口碰到她騎摩托車下班，攔住她搭便車。他跨上後座坐下來，侯麗珊摩托車一飛馳，「不要騎那麼快、不要騎那麼快。」也不顧慮自己是一個大男人，人家是未出嫁的小姐，慌張地抱住她的腰，越抱越緊，使她又羞又氣，動彈不得，只好煞住車說：「經理放鬆一點，我喘不過氣了。」

「那妳要騎慢一點，女孩子怎麼騎這麼快。」

「我這八十CC的女車，跑起來只不過是四、五十，你沒有坐過人家騎兩百五十的，一奔就是七、八十的啊？」

她加油起動，他又緊抱住她的腰。她發覺他是半裝緊張來佔她便宜的。

「經理，這樣不好看，這條路出入的多半是我們廠裏的同仁。」

他這才鬆了手去抓車墊的邊沿。

身爲經理，在幾百個同仁面前發號施令，蓋世英雄似的威風十足。另一面膽小又要藉機消磨女孩；她雙眼直視路面，故意加快飛馳，內心不禁竊竊私笑。

「喲！林經理今天好帥啊！好性格！」侯麗珊歪歪頭裝欣慕狀，喘笑著下坡走到他身邊。

他平時西裝畢挺，今天來爬山穿的是牛仔裝牛仔褲，上下一套緗緗擠擠地裹在矮胖的軀體上；走起路來脚尖向外顯出八字型，大屁股蛋肉敦敦，一頓一顫像肥鴨蹺著股尾笨笨地搖搖晃晃。

「不錯吧，我這套花了兩千多元，上次去香港買回來的。」

「不錯，不錯，好漂亮哦！」

「她們爬她們的山，我們在山脚樹蔭下走走。」路崎嶇下坡，他一脚高一脚低奔下去。

女孩子們爬上去隱入山林中了，侯麗珊返身要追上去，又煞住了脚；想想難得有機會跟他單獨相處，好好抓住這個機會，要求他兌現三年前開出升她當組長的支票。

「侯麗珊上來嘛！」

「侯領班！趕快爬上來，我們等妳。」藍瑞梅在樹縫中探頭叫。

「我喘的要死，妳們上去，我在這兒等。」侯麗珊打手號要她們走。

「我們到下面去。」林進貴回頭等她。

侯麗珊衝下坡跟他並肩走，想說的話一時不好意思開口。三年了！三年多前他當主任時經常鼓勵她：「妳嚴格督促女工幫我趕產品，如果成績好我升了經理，我就升妳當組長。」他升經理已經三年了，要升她當組長的事好像忘了。她有過幾次暗示他兌現，他都打馬虎眼敷衍過去。

「妳那一線上現在每人每天平均做多少？」

「大約一百二十片。」侯麗珊蛇彎著找崎嶇間的平坦處快步衝向前。

「在時間上能不能減少不必要的浪費，讓她們做到一百四十片。」他閃過窟窿跳下崎坎。

「以前都做九十片，三年多前，經理要我嚴加督促，我一分一秒算的好好的，她們連上一號也要用跑的，現在每天一百二十片已經是高峰了。」

「到那邊樹下坐坐。」

山坡茅草茂密，有肚臍上的高。林進貴雙手左右撥開茅草，母鴨軀體一脚一脚踩倒茅草，侯麗珊跟在後面踩倒的草上走。走出茅草在幾棵氣根盤絞的老榕樹蔭下歇脚。再上去是滿山的雜樹，下面遍地蓬草。炎日下天籟俱絕，幾隻白頭翁在榕梢上飛跳。林經理喘了一口氣，癡瞇著眼望著侯麗珊笑。

侯麗珊蹲下來，褪下肩上的揹袋，打開來拿出水果刀和一個小西瓜，剖一半請他吃。他接過去坐在草地上吃。她四周張望了一下，發現一男一女埋身在荒山的野草間，有所顧忌，站著吃。

丟掉西瓜皮，侯麗珊思考好久，用暗示的他還是會裝糊塗，還是有話直說。

「林經理，以前您還沒升經理時叫我幫您趕產品，升了經理要升我當組長，是不是可以找一個機會幫幫忙，已經三年多囉。」

「我一定會升妳的。我一直在找機會，都還沒有組長的缺。」他掏手巾擦手，寬額下的兩眼滑溜溜地看她。

他拉開手提袋的拉鍊，拿出兩個綠紅大蘋果，遞一個給她。

「坐下來吃吧。」他拉她的手，一個踉蹌，在他身邊坐下來。

「機會那麼難找嗎？」侯麗珊嘴嚼蘋果嬌嗔存疑：「您當一個經理，又是工會理事長，洋老闆多少要賣一點帳。隨便升一個組長還不簡單；把我們線上的組長找一個缺調一下，我補升他的缺不就是了。」

「好好好！」他咯咯笑，手伸過來拍拍她的肩，搭在她肩上：「妳升了請我客就是了。」

「請客還不簡單。」

「眞的嗎?」他瞳孔放大，臉對準她的臉，微突的鷹眼射出透視人心的燐光。

「三年多了，怎麼不早叫我請?」

「我很忙，早忙忘了。」林進貴搭在她肩上的手用力按住，把她拘過來貼近住他；她閃躲了一下，想挪開他的手，他加力按得更緊。

「不要請客啦，只要妳對我好一點就可以了。」

「怎麼好呢?我向來死盯著作業員爲你趕產品。」侯麗珊想拒絕他按在肩上的手，但有事求他，這樣反而尷尬。以前他當主任，在他辦公廳沒有人看到時，講話還不是捏捏她的髮梢誇讚她頭髮做的好看，人又長得漂亮；每次穿一件新衣服，他還不是過來拉拉袖口摸摸裙子讚美幾句。

「我想想辦法提升妳就是。」

林進貴搭在她肩上的手扣緊她，使她的頭仰後靠在他肘彎上，她要掙扎抬起頭，他另一手伸過來抱住她的腰摟進懷裏，嘴猛湊上壓住她的嘴用力強吻。侯麗珊雙手掙上來推他肥壯的肩要撐開他的頭，他摟得死緊，老鷹挾小雞推都推不動，嘴整個吻在他嘴裏透不過氣；她脚跟著地用力一蹬，想把人蹬出他懷裏。脚一蹬頭向上衝，嘴衝開了，兩人都蹬倒在草地上；他伏在上面壓住她，嘴倏地又堵上她的嘴吻，她急羞慌亂，不知道要怎麼拒絕，舌頭鑽進她嘴裏捲掃，使她窒氣昏眩，脚亂蹬著掙扎，手卻抱緊他，舌頭回應他相捲著，全身壓蓋在男人龐大軀體下，流竄舒適的溫熱；她癱瘓了，死軟軟的任他解開釦子，手在身上游移，人陷入半昏迷狀態；忽然手攔住他的手，身子滾著要掙出他的蓋壓，嘴喊不要不要，全身乏力；乾脆喘著靜下來，閉上眼睛隨他去吧！想著要再掙扎，又想讓他高興一下他會升我當組長！

## 二

人事命令發佈下來了，侯麗珊的組長黃印國調任物料組長，侯麗珊升補他的組長缺。

「侯領班升組長了，恭喜恭喜！」作業員紛紛道賀。

侯麗珊心如刀割，望著升任通知單發呆，考慮著是否接受。那天林經理虛脫的躺在身邊的草地上，她背著他跪著穿衣服，他扳過她來，肥圓下頦上的寬嘴巴滿足的裂著笑，嘴角流下涎沫，豬哥一隻，幾乎令她作嘔。她奔出茅草任他在後面叫，衝下山跑上公路，攔了一部計程車回到家，關了門偷偷地哭。後悔自己意志不堅強，沒有激烈拒絕他。

過後林經理沒有到過線上來，她曾想揭發此事，可是一鬧出去，他被洋老闆開革掉，她也無法承受公司兩、三千人的風言風語和輕視偷瞄的怪異眼光。

有兩次在廠裏碰到他，他含情笑著走過來，她背過臉加緊脚步逃開。

前天他在廠外的路上等她下班，攔住她的摩托車說：「不要回去了，我們一起到外面吃飯。」

「我希望你以後不要來找我。我們公事公辦，你當你的經理，我幹我的領班。如果你不識相，我就告到洋總裁那裏去。萬星公司的領班我準備不幹了，你貴爲經理是非幹不可的，我也不要你升我當組長，請識相一點。」她冷峻地拒絕，摩托車踩上檔，加油絕塵而去。

廠裏有兩、三千個員工，百分之九十是女作業員，女孩子長久待在廠裏工作，缺乏與男性接觸的機會，加上時時刻刻反覆做那枯燥單調的工作，又離鄉背井，在女子單身宿舍中得不到親人的溫情；長期的寂寞，少數女孩只要有男人向她們表示愛意，不管對方有否家室，或長得美醜，很容易上當。從技術員至經理、廠長等少許的男人周旋於上千的女孩子中，近水樓台，又握有配調支使之權，這個不要他，總有要他的女孩。幾乎每個有家室的男同事，在廠裏都有扯不清的情人。侯麗珊時時警惕自己不要步人後塵，不幸她也陷入這個死坑。她不願再與林進貴扯下去，否則必然與這種女孩同樣時時在感情的痛苦邊沿掙扎，何況她對林進貴沒有過好感。

林進貴是一個勢利主義的人，把自己的升遷和職位抓得比命還緊，被拒絕幾次後，不敢再來找她了。侯麗珊獲升，並不能彌補失身於他的痛心。她想辭掉不幹算了，但在萬星公司幹了五年多了，好不容易熬到做組長，一個月五、六千元，轉到別的公司去，從作業員做起，一個月二千七、八，實在划不來。而且萬星公司是外國廠商來台灣設廠的，一切照工廠法實施，假日比公務員多，還有特別休假。

好多人在背後說侯麗珊工作並不特別出衆，智能也平平，她是靠面孔漂亮升領班的。她升了組長也有流言說也是靠面孔漂亮升的。她氣死了，檢討一下，自己實在無意利用姿色謀求升遷。

當她走過工場內的大穿衣鏡自照，照了面孔後轉身看體態，再回頭與場中的女孩子比比，自認確實是鶴立雞羣，姿態娉婷，臉蛋明艷動人。以前那位程經理，常背著人誇讚她氣質優雅，她不知道程經理是不是羨慕她這一點，她進廠剛做三個月的裝配員，領班出缺，程經理就升她當領班。數年資她最淺，多數的人已做了兩、三年，有的從公司一來台灣設廠幹到現在。她升爲領班沒有一個服氣的，但在程經理面前卻不敢吭氣，只在同仁之間閃閃躲躲的說說諷刺話。程經理見狀把她調到現在的站來。並特別叮嚀每一個班員要聽她指揮。她很感謝程經理的提攜，有時他有應酬，也邀她去陪伴。程經理要她認眞做，等經理室有職員缺，要調她到經理室當職員。不久程經理由四廠的部門經理調升一廠廠長，她不再是他的屬下，他也不好意思越廠調人。

林進貴由主任升補程經理的缺，升了經理就忘了要升她做組長的承諾。

她想也許是在他當主任時，要求幫忙趕產品，答應了他，而屢次邀她去看電影，去跳舞沒有答應，他死了這條心。而郊遊山野中難得的機會使他死心復活？

侯麗珊覺得自己被林進貴利用做爲升經理的工具，其實也是自己爲了想升組長求表現的緣故。那時作業員每天做九十片，她硬盯著她們要趕出一百二十片。工作匆忙損壞的比率大，程經理罵林主任，林主任罵黃組長，黃組長罵她當領班的，她當領班的罵作業員。

「妳又要產量多，又要品質好，哪有那麼棒的事？」藍瑞梅抬起頭來抗議。

「妳們做的時候留心一下，線路不對的修整好，不就減少損失了？」

「一天要趕一百二十片，顯微鏡一照，對準了就切，那有時間還注意線路再去修正呢？那怎麼能趕那麼多？」作業員沒有人敢講話，藍瑞梅好像是她們默推出來頂她的代言人。

「只要留心一下，有什麼做不到的？」侯麗珊拿出她領班的威風喝問。

「你們坐的人不曉得站的人脚痠，沒有良心的要求產量多。有了事上司推下司，鋤頭管畚箕，受氣的都是我們作業員，妳找我們出氣，我們找誰？」藍瑞梅越說越潑辣，聲調降低，冷冷的諷刺。

黃組長看在吵架了，過來罵：「妳多做一點會死啊？」

「當然會死啦！」藍瑞梅看都不看他，故意側坐著向旁邊說話：「我們拚命的趕產品，你們還不高興。一天不停的看顯微鏡、趕產品，看得昏頭轉向，眼睛發疼，你來做做看會不會死？」

「別人都不說話，只有妳在叫。」黃組長怒吼著。

「別人都說我們是工仔，爲什麼要計較，能幹就幹，幹不下去就走路，我是爲你們好，怕人一個一個走光了沒有人做才替別人講話。」

「不必妳多心。」黃組長雙手戽到藍瑞梅面前。

「別人檢片，我切片，你給我換掉切片的工作。」藍瑞梅拉下臉來了。

「妳不切片誰切，妳切的熟練又快，算了，不要計較吧。」侯麗珊口氣和緩，半勸半求。

「你們只是會要求多生產，產品多，質量又要好，加薪卻不會爭取！也不管我們百分之六十都變成近視眼。」

「不給妳降薪就好了，妳還想加薪。」黃組長指頭戳到藍瑞梅的鼻尖：「要加薪妳跟我講，我向誰講？」

「你向主任、向經理講呀？」

「他們向誰講？」

「那是他們的事，我管他們要向誰講。」藍瑞梅兩眼俯上顯微鏡做她的工作。

女工們摒住氣，眼尾勾向這邊來，有的人抿嘴竊笑。侯麗珊推走黃組長，巡視她們的工作，大家才定下心來埋頭工作。侯麗珊回頭走到藍瑞梅身邊想勸勸她不要生氣，好好工作，一時沒有適當的話說，在她身邊站了一下，這個厲害的女孩子手腳勤快，具有惻隱之心，也好打不平。她的個性只能用軟的，不能用硬的；硬要壓她的話，她動不動就來一句：「我這個工作不想幹了，妳要怎麼樣？」她是班員中無形的龍頭，班員尊重她，沒有不聽她的。搞不好，她相邀一下，整班被帶著跳槽到別家工廠去，那就慘了。

「這是林主任林進貴的要求，我們同情他們要養家活眷，多做一點吧。」侯麗珊手搭在她肩上低聲說。

「他呀！哈巴狗一條。」藍瑞梅專注顯微鏡下的ＩＣ集體電路片：「如不同情他要養家活口，我早就整掉他了。」

侯麗珊望著桌上的升職通知單，想想三年多前爲奠下班員增加生產的基礎所受的辛酸，現在升了組長又被譏爲靠姿色提升的，加上不可告人的失身之痛，她拿起通知單縱一裂橫一裂，撕碎揉成紙團丟進桌下的垃圾桶裏。

三

侯麗珊記不清過了幾個月了，也沒注意什麼時候林進貴又開始以他部門經理的身分三、兩天就來巡視工場的生產工作。反正她已討厭理他，他也不睬她。有話要說他不是找主任就找領班，不找她當組長的。

她聽說四廠的外籍廠長將調去菲律賓的分公司，台灣分公司的總裁已內定提升林進貴遞補廠長缺。近來他經常跟隨在外籍廠長的身邊了解整個第四廠的業務。第四廠的三個部門經理，他年資最淺，還輪不到他升廠長，但他是工會理事長，掌握工會大權討好洋人，洋人，洋老闆為要利用他，升他為廠長。

「就是要升廠長了，才三、兩天就來看一次。」作業員們偷偷議論。

「看他在洋人面前低聲下氣的，百依百順。在我們面前卻威風凜凜，作威作福，任意吆喝支使。」

「他就是靠這一套工夫升的啊！」

「我最討厭他每次來巡視，那對鷹眼射著邪光斜瞄我們，好像是小偷在偷他的飯吃一樣。」

「我最討厭他來巡視時發現錯誤也不直接告訴我們，當場叫主任來大罵一頓，他走後主任罵組長，組長罵領班，領班罵我們，鬧得大家都不愉快。」

侯麗珊看她們談起了興頭，有的停下手來專心講話了，她走過來站在她們旁邊，她們不好意思的挪正身子坐好，摒息工作。

新官上任三把火，林進貴還在當「實習廠長」，火就燒紅了半邊天。第四廠各部門都在大整頓，爲了要改變工作環境增加產量，他指示主任搬動機台位置，搬這也不好，搬那也不好，老是在大變動，生產未見增加，對作業員一分一秒算緊緊的，每天都在趕產品，作業員趕得精疲力盡，還要硬性加班，侯麗珊覺得被搞得煩死了。

「他是靠這升廠長的，我們努力一點，同情同情他，讓他表功表功，好做正式廠長……」藍瑞梅兩眼俯在顯微鏡上，手忙著調整，林進貴早站在她後面她都不曉得。

當她發現空氣不太對勁，抬頭向後看，林進貴的鷹眼炯炯瞪著她，她嚇了一跳，拍拍胸口鎮靜下來，回瞪他一眼，轉回頭俯下看顯微鏡。

「王瑞方過來！」林進貴怒喊正在跟金組長商議工作的王主任。

王瑞方靦腆的跑過來：「經理有什麼事？」

「以後工作時間全部嚴禁作業員講話。光說話不做事，所以產品趕不出來。」

他的話表面是說給王瑞方聽，臉卻向著全場的作業員。侯麗珊爲了避免觸及燐火的眼光，把臉撇開。

「只要她們不妨礙工作，講話可以調劑工作枯燥的情緒，我是同意她們在工作中偶爾輕聲聊一、兩句。」

「我說不准她們講話就不准講話。」

「經理，你機台的變動和人員的安排程序不太理想，浪費人力，也容易造成工作上的錯誤，能不能照我過去的方法安排？」

「我說怎麼做就怎麼做，你這個倒霉貨少開口。」

王主任啞吧吃黃蓮，呑了呑口水說：

「程序不理想，要作業員趕產品，累死了也趕不出來。」

「那你以前爲什麼也不能按期趕出？」

「那是你的要求超過作業員的負荷。」

「廢話，產品趕不出來沒有你講話的權利。」

侯麗珊爲王主任挨罵難過，低著頭在桌上計算作業員的產品數量。

林進貴走向整理盤子的工作台，藍瑞梅轉頭狠狠瞪著他的後腦袋。

「盤子亂得這樣子，也沒整理。」他轉身喊王主任：「王瑞方這是誰做的工作？」

蔡永春組長放下工作跑過去，王主任跟在後面慢慢走。侯麗珊慶幸不是她管的，「如果是我管的，他對我氣燄是不是也這麼烈？」她自問。

「你們是怎管的？」林進貴指著盤子給蔡組長看：「誰做的工作？」

「整理盤子是吳太太的工作。」蔡組長臉色發白。

「那是，那那……那是大夜班搞亂的，我這邊沒做完……還沒有空整理。」吳太太怯生吱唔，一句話說半天才說出來。

「妳下次不整理好，讓我看到這麼亂，我就開除你！」他厲聲責罵，手捶上腰，罵了十幾分鐘。

他走後，吳太太木木的，手擦著眼淚，一面工作一面哭。

「吳太太同情同情吧。」藍瑞梅走過去安慰她：「同情他在洋人老闆面前低聲下氣的，只有來這裏使使威風才能得到補償。現在又碰到他要表功，好升廠長的時候。」

## 四

林進貴正式升廠長了，洋總裁調二十一站的劉景寬主任補他的經理缺。劉景寬一向的做法都站在中國人員工這邊，是萬星公司有名的。他爲人隨和，第一天上任來線上巡視，跟一些認識的領班和作業員說：

「萬星公司在台灣設廠我就進廠當主任了，因爲我處處爲我們同胞員工的利益爭取，得不到洋人的器重，十年來我這個元老主任到現在才升經理。林廠長慢我三、四年進廠，起初他還當過我手下的組長呢！以後大家跟我合作，把事情應付好，拜託！拜託！」

他微笑著糾正女作業員的工作錯誤。

林進貴升了廠長後，每天工作由一萬片增加到一萬六千片，硬性規定每人每天要加班四小時。

「妳們加班時認眞一點，把各人分配的工作做完就可以回去休息，加班仍叫組長照報四小時給妳們。」劉景寬劉經理向大家宣佈。

「劉經理，這樣會不會有問題？」侯麗珊當組長的負責報她那一組的加班，覺得不太對勁：「虛報加班或是什麼的？」

「有事我負責，只要產品趕出來就行了。」劉景寬說。

女工們很興奮，拚命工作，本來該加四小時班的工作，多數加了兩小時就做完回去了。手脚慢的也能提早一小時回去。這樣經過了兩個多月，劉經理與女工們相處的很融洽，產品也能如期趕出。

這一天加班時間林廠長來突擊檢查，線上的作業員都跑光了，第二天上班一大早他跑來罵劉經理：

「你們都虛報加班！」他兇虎虎的瞪著眼。

「是我叫她們趕完產品就回去的。」

「有的人只做兩個小時，你們也給她報四個小時的班。」

「誰的工作早做完誰早回去，這是公平的。讓她們一鼓作氣，振作精神趕完，早回去休息，雙方都好。」

「你給我滾蛋！你這樣亂來，規矩都被搞亂了。她們早兩個小時回去的就報兩小時加班。」

「沒有人要這樣爲你拚命的啦！她們要提早兩小時回去，整天十個鐘頭，一分一秒都是拚命在趕，誰先趕完加班時誰先回去，這是公平的。你硬是要她們加到四個小時才回去，她們提不起精神，窮磨又有什麼意思，產品也不一定能趕出來。」

「她們報四個小時加班，就要加完四個小時；工作早作完早回去的，按她實際做幾個小時報加班；不然就另外做新的工作，做完四小時才回去。」

「姓林的，你不要太沒有天良，你要女孩子們爲你趕多少產品你才能滿足？你進萬星公司短短六、七年，從組長、主任、經理、廠長扶搖直升，完全是靠這些女孩子們拚命爲你做才升的，你已經當廠長了，她們工作量也夠重了，你何必還那麼苛刻？」劉經理一句一句慢慢的講。

「你給我滾蛋！」林進貴反羞成怒：「我四廠不用你這種經理，你滾！」

幾百隻眼睛驚懼地看呆了！侯麗珊暗服劉景寬一點也不屈服，回想自己是太懦弱了，假若自己能堅強一點，那天在山上的荒草間就不會被引誘而屈服在他的權勢下。

劉景寬被林進貴報上去，降回任原單位的主任職，經理缺林進貴自己兼。

這個月的產品盤存少了一千多片，王主任瑞方急著要侯麗珊再查清楚。

「你馬上給我查出來，否則立刻走路，我給你資遣費。」林進貴大罵王主任。

王主任不願走，他已不止一次在幾百個女工面前被林進貴趕他走；他曾私下與侯麗珊說好不容易熬到當主任，不願那麼隨便被他趕走。

數月來他被林進貴一會兒調日班，一會兒調夜班，終於忍受不了辭職了。

侯麗珊預感下一個會被趕走的可能是她了；自從失身於他之後，她對他總是不理不睬的，這已漸漸引起他的不滿了。

## 五

「工作中不准隨便講話，隨便走動，絕對要嚴格執行。」林廠長巡視完線上交代新主任沈義地。

沈義地由別部門升補王瑞方的主任缺，他是林廠長的心腹，他在他面前唯命是從，無論歪橫曲直總是是、是、是，諾諾點頭。

地板在清洗打臘，女作業員們拿開椅子讓清潔工擦拭，三、五人一堆，聚在一起聊天，讓開給清潔工工作。

「趕快洗，你們這樣慢吞吞的，她們都不要工作了。」沈主任催促清潔工。

地板洗過後拖乾，然後打臘，女工們停下工作等，沈主任等得難受了，指示清潔工說：「一半不要洗了，灑水的儘快擦乾，不必打臘了。」

「我們幾分鐘沒工作，他難受的要死，就像他家會斷炊，或是他會生大病似的。」作業員中有人嘀咕。

沈義地對女孩子們盯的死緊，他要求產品每天要趕兩萬片。侯麗珊趕得一下班就精疲力盡，幾乎要倒下去，她當組長的都覺得工作太過透支了，何況作業員。

沈主任一個一個視察作業員的工作，侯麗珊陪在後面指導工作，走近藍瑞梅身邊，她從顯微鏡上抬起頭來。

「你幹嘛老是一個一個盯住我們看？」

「洋人叫我這樣子。」沈主任雙手一攤，表示他是奉洋總裁之命行事的。

「洋人來巡視線上，對我們作業員客客氣氣的用純正的國語跟我們交談，發現錯誤也客客氣氣的做給我們看，指導我們改正，洋人會叫你對我們這樣子？」

「我有什麼辦法！」

「不是你沒有辦法，而是你們崇洋媚外，洋奴性太重了。」

「妳怎麼這樣罵我？」沈主任氣得瞪大眼睛。

「你們這些林家幫的人差不多都是只為自己升遷著想的貨色。」

「我警告你，妳下次再這樣我就要妳滾蛋。」沈主任指著她說。

「你憑什麼要我走？」

「憑我當主任就可以開除妳這個放肆的工人。」

「我請你趕快開除！」藍瑞梅聲調提高：「本姑娘在你們這種挾洋欺內的哈巴狗手下幹得早就煩透了。你要我走我最高興，我還會帶幾十人一起走，你放心好了。」

侯麗珊喝住藍瑞梅不要再講下去：「沒有什麼事了，主任可以回辦公室去了。」侯麗珊推走沈主任圓了一下場。

沈義地一步一步重重的走到門前，用力踢開門，摔門而去。

「妳為什麼要這樣激他？」侯麗珊問。

「這一群林家幫的哈巴狗，給他一點眼色看看，讓他不要狗眼看人低，任意支使人。」藍瑞梅一面工作一面說。

侯麗珊嘆了一口氣，走回組長座位。她由衷的佩服藍瑞梅仗義執言的勇氣，相形之下她又覺得自己是一個懦弱的人，不甘不願被林進貴那隻瘋狗咬了一口，卻連哼也不敢哼！

晚上加班，侯麗珊巡視線上，大家都埋頭專心工作，走過藍瑞梅後面，她沒在工作，伏在機台上寫信。侯麗珊站在她後面看她寫了幾分鐘，她還沒發覺。侯麗珊出其不意把信紙搶過來，她嚇了一跳，轉過頭來，兩眼驚慌得不知所措。

侯麗珊嘆了一下信上的開頭，「林廠長：」，要再往下看，藍瑞梅站起來跳過來搶。侯麗珊把信揣進褲裏閃躲，藍瑞梅的手要插進她的褲袋，被她掃開，兩手壓住袋口。

「這是私人秘密信件妳不許看。」藍瑞梅命令她。

「妳加班時間不工作，寫信，犯規！」

「妳當組長有權扣我的薪水，或取消我今晚的加班，或報上去處分我，但妳無權看我的信。」

「瑞梅，妳不要緊張。」侯麗珊軟語懇求：「我不會害妳，請妳相信我。我早在妳後面看妳寫了兩三分鐘，大概的內容我差不多知道了。我拜託妳給我看完，必要時我可支持妳。」

「妳要看就看吧。」藍瑞梅垂下眼皮，坐下來兩眼看脚尖：「看完如果妳要請功，就去報告林進貴。了不起我這裏不幹，再了不起我去坐牢。我這個人只要認爲應該做的，做了坐牢我也情願，妳看吧。」

「妳相信我，我絕對不會害妳。」

「妳看吧，反正我是準備讓妳報上去，我被告侮辱罪去坐牢。」

侯麗珊爲避衆多作業員的耳目，拉著藍瑞梅到沒有人的休息室，掏出揣成一團的信紙攤開來掃平，一字一字看下去。

林廠長：

我是與你同年同月進公司的，那年我剛國中畢業，家境困難未能再升學，白天在廠裏做工，晚上讀高中補校。六、七年來很不幸，我一直受你管轄，屢次要求調別廠也無法調成。你初任組長，不久升爲主任，然後廠長。你這一連串快速的升遷圖，我看的清清楚楚，說穿了，你的升遷秘訣是刻薄自己同胞的女工，諂媚洋總裁。你權謀深算，懂得提携自己的親信，全廠佈下你的耳目，排除能力比你強的異己，像劉經理劉景寬、王主任王瑞方能力都比你強，英語也說得流利，不像你在洋人面前英語說得結結巴巴，還要停下來想一想。他們年資都比你深，他們不能升，只是他們有同胞愛，做事處處站在女工的立場著想，所以在洋人老闆的面前不像你受器重。你雖然得洋人重用，但國人員工都恨你入骨。劉、王的做法引你嫉妒，你不擇手段處處當著衆人面前使人難堪，終於把人擠走。

你一當廠長，天天要我們拚命趕產品，我們累得幾乎受不了也爲你拚命。但待遇、福利不但不爭取反而剝削。以前的美籍廠長，每月發兩瓶魚肝油丸給我們保護眼睛吃，你當上廠長就取消掉了，一點也不考慮我們這些女孩子早已變成近視眼了。

你對員工任意吆喝，氣焰逼人，你可能以為你很了不起，很神氣！不曉得你看過自己在洋人面前那副低聲下氣的形相沒有？你一手提拔的沈義地沈主任，在你面前唯命是從的狗樣就是你在洋人面前的形相。這面鏡子你可自我照照，有什麼神氣的呢？嗨！哈巴狗一條。

其實要成為你的親信並不困難，只要對你的專橫霸氣百依百順即可。你說黑板是白的，也順著你說黑板是白的；無論你說什麼就「是、是、是」的唯命是從，再加上拍拍你的馬屁就行了。可是王瑞方和劉景寬卻不如此，我就敬佩他們有骨氣，不像你一切以自己的升遷為重。

你的權利慾未免太大了一點，身任廠長高職，又用計謀擔任工會理事長，大家的福利金任你們幾人支使，今天迎張三明天送李四，三天一大宴五天一小宴。廠長已是資方代表了，我不知你臉皮怎麼那麼厚，哪來的資格做工會會員，出任理事長。反正工會的理、常、監都是你們幾位廠長和經理級的在做，大家臉皮一樣厚，見怪不怪。我讀《美國工會組織》一書，人家的工會會員一升上領班，因為領班已代表資方在執行管理命令了，立場不同，即開除會員資格。而你身為廠長兼做工會理事長，到底這個工會是你們廠長經理的工會，或是我們工人的工會？我們也從沒行過什麼工會的選舉，我也不了解你這個理事長是怎樣選出來的，總之就是你們那幾個人在搞。

最使我氣憤的是每次救災或什麼慈善捐款，你硬性規定每人扣兩百元，報紙把你林廠長進貴的大名登得那麼大的篇幅，「萬星公司工會理事長林進貴樂善好施，發動全體會員捐款×十萬……」唉！世上大概再沒比這種拿別人的錢往自己臉上貼金的人更不要臉！林廠長，不，林理事長，以後捐款別人的你去扣，我×××的請不要扣，不是我不樂意捐，而是要自己捐。讓我的大名也在報上亮亮相。我要奉勸你，以後做事多爲我們工人著想著想，現在是你的盛世，不要那樣神氣逼人，不要一意孤行。我們一個月賺你多少錢，要我們拚命，我們有時也會算算所付出的勞力是否值得。我是可憐你好高升又要養家，不然我這個小女工要整你這個大廠長也是簡單的很……

侯麗珊嘆一口氣摺好信紙還她。

「妳放心，我絕對守密，我很敬佩妳有寫這封信的勇氣。」她平時要說想說而不敢說的話，都被藍瑞梅寫在信上了：「妳不覺得尖酸刻薄了一點？」

「我說的句句是眞話，我沒有栽誣他。」藍瑞梅抬起頭撩開眼皮看她。

「妳要寄給他？」

「本來想匿名寄給他。」

「妳不怕惹麻煩？」

「其實我只是爲劉經理和王主任打抱不平出出氣而已。」

「妳說妳能整他？」

「要整他還不簡單。」

「妳能不能告訴我，妳有什麼辦法可以整他？」

「這個我不能告訴妳，不過我想是想，不會去做的。」

「妳告訴我，讓我來整他。」

「……」藍瑞梅懷疑地看看她。

這是個人的秘密，侯麗珊不便再追問下去，她相信藍瑞梅如果要整他是會有辦法的；以她是女工無形龍頭的影響力，不合作、不趕產品或是相邀幾十人跳槽……。這啓示了她，也給她很大的決心和勇氣。要整他實在並不困難，就把他利用升她做組長誘姦的事，向洋總裁揭發就夠他受了。還有聽說蘇振德組長要升主任，他暗示蘇振德他家的黑白電視要換彩色電視，蘇振德買彩色電視送他。還有沈義地升主任送一套橱具。還有生產獎金每人五百元，各廠都發了，只有四廠林進貴還扣住不發，有人說他拿去放利息……。只要把每天看ＩＣ的顯微鏡頭照準他的這些行爲抓緊，要整他實在簡單……。

侯麗珊想告訴藍瑞梅，有一項她沒寫上，他曾利用職權以升組長爲餌誘姦部屬。她心潮澎湃，一鼓衝動想把自己一直埋在心裏的話告訴藍瑞梅，想了想呑了一下口水，不說也罷！

## 六

在林進貴天天要求趕產品之下，嚴禁女工工作中講話，不許走動，工廠一天到晚頒發新規則，女孩子們都說一下班累得要死。每月領了錢就有好多人辭職不幹，她們轉到做件工能多拿錢，或工作比較輕鬆的工廠去做。老的走了，招新的來補，新人有的做一、兩個月就走了，線上缺人缺的很厲害。

人事課帶來一位新招來的女孩，分配在侯麗珊的線上。侯麗珊見了她驚遇天仙降臨，她肌膚鮮潤，身段不高不矮，甜淨的臉蛋上眉眼清秀，顧盼嫵媚。

「她是施妙惠小姐。」人事員介紹著：「這位是侯麗珊組長，以後妳就由她帶，有什麼不了解的儘可請教侯組長。」

施妙惠點頭微笑，臉頰微微發紅，水綠淡雲寬裙洋裝，裙裾飄曳生姿。線上的女孩瞟了瞟她，顯然被她迷人的姿色所騷擾了。

「妳在電子公司做過嗎？」侯麗珊問，不忘偷看她可人的臉上的表情。

「做過三年。」聲音輕脆，悠揚動聽。

「那這些工作妳都很熟了？」

「大概差不了多少。」

施妙惠工作辛勤，也許是貌美得人緣，與女孩子們相處的很好。

林進貴來巡視線上，他好久沒來了，侯麗珊不耐煩地陪在他後面看。他從女孩子的工作枱後邊一排一排走過，一個一個看她們工作，走到施妙惠身邊時，他愣住了，侯麗珊看他是被施妙惠的容貌震懾住。

「妳來多久了？我怎麼沒有看過妳？」林進貴貪婪的看她臉孔。

「剛來十七天。」施妙惠轉過頭揚眉答話，隨即面對桌上做她的工作。

「他是我們四廠的林廠長。」沈主任過來介紹。

「林廠長好。」施妙惠揚起頭，拂上垂下的瀏海笑了笑。

「好，好。認眞工作。」

施妙惠帶幾分被問後的少女的羞澀，低頭工作。林進貴要走捨不得走，要說話又找不出話說地躊躇著，走過了幾個工作枱又走回頭問。

「妳叫什麼名字？」

「施妙惠。」她放下工作面對著他答。

「怎麼寫？」

「實施的施，妙人妙事的妙，恩惠的惠。」

「做的習慣嘛？」

「反正是做工，什麼工作也能適應。」她向他笑笑，感謝他關心的甜笑。

「那很好，很好。」

旁邊工作中的女孩子眼尾斷斷續續地拋向這邊偷看，侯麗珊暗罵：新來的人那麼多，別人不問，怎麼只問這個最漂亮的。

第二天林進貴又來巡視，走到施妙惠身旁時問她。

「妳什麼學校畢業？」

「初中而已。」

「會不會打字？」眼色饞饞盯著她。

「不會。」施妙惠搖頭笑著答。

「速寫？」

「不會。」

「有沒有興趣學？」

她難為情地低下頭，裝著摸摸工作：「不曉得。」

第三天他又來巡視線上，找理由糾正施妙惠的工作。他一推開門出去，女孩們不約而同的向他後腦拋白眼。

「像蒼蠅一樣，有一塊糖在這裏，天天飛來嗡嗡哼哼的。」

「豬哥！」

閒言閒語使侯麗珊爲施妙惠難過，她不曉得施妙惠是不是聽得懂，注意了她一下，她裝著沒聽見埋頭工作，粉頰卻不自在的飛著紅暈。

翌日林廠長找人來叫施妙惠到廠長室去。回來後侯麗珊問她：

「廠長叫妳去做什麼？」

「他說要調我到廠長室去當他的秘書。」

「不錯呀！剛來做二十幾天的作業員就能升爲廠長的秘書，恭喜妳！」

她抿著唇，星眸呆滯：「我不懂英文，不會打字，不會速寫，對處理文書也沒有經驗。」

「可是妳有全公司幾千個女孩子都不如妳的本錢——漂亮！」侯麗珊挖苦地笑笑。

「要我去當花瓶，我才不幹！」她垂下眼皮，雙眼皮的線溝清晰好看。

休息時間女孩子們有意無意的諷刺她。

「不錯啊，來幾天就升爲廠長秘書，我們幹七、八年都還是裝配員呢。」

「誰叫妳不生漂亮一點，記住，下輩子投胎要找漂亮的才投。」

侯麗珊看她眼眶閃著淚水，坐在工作枱上擦拭，反而同情她，恨起林進貴來。

「不要介意她們的閒話，只要當做沒有這回事就行了。」侯麗珊走過來安慰她。心想這個姿色比自己好看幾倍的女孩，會不會步入自己後塵，爲了升遷被林進貴白白咬了一口的命運？

「謝謝妳，組長。」施妙惠抬起頭來擦乾臉，眼睛湊上去看顯微鏡工作。

林進貴幾乎天天來巡視，跟施妙惠說說話，女孩子們吱吱喳喳向她說：

「妳趕快去當他秘書吧，省得他天天跑來線上，我們要天天緊張一陣子。」

## 七

藍瑞梅臉色白裏泛青，懨懨地走上侯麗珊的桌邊。

「侯組長，我這兩天感冒，胃口不好，中午跟晚上都沒吃飯，現在肚子餓得撐不住，我先去餐廳吃宵夜。」

侯麗珊看看錶已經深夜十一點半了，再半個鐘頭就下班：「先去吃吧。」

藍瑞梅上餐廳不久，忽然看她被沈義地沈主任揪著頭髮推進來。夜班，主任極少來，怎麼今晚三更半夜突然來查勤。瑞梅頭髮被揪，頭向後傾，沈主任推她到工作枱前，當著衆人面前厲聲咆哮。

「妳最不守規矩，時間沒到就溜去吃宵夜，又會亂寫信亂批評。晚上妳要把產品趕完才准妳去吃東西。」

「你尊重人權好不好？」看她全身乏力，掛著兩行淚。

「妳不守規矩，還要人尊重妳呢？」

所有作業員都亮著驚懼的眼光瞟瞟她，侯麗珊看她實在虛弱得只是掉淚不說話，跑過來說：

「她感冒，中午和晚上都沒吃飯，是我要她先去吃的。」

「妳當什麼組長，時間沒到叫她去吃宵夜，晚上她的產品如果沒有趕完不准她去吃東西。」

「組長，晚上給我報請假也好，報曠工也好，報早退記過扣薪都隨妳的便，我現在要回去了。」

藍瑞梅擦擦淚轉身要走，沈主任抓住她，拉回來推上工作枱。

「妳要給我趕完今天的產品。」

藍瑞梅摔開他的手，掉頭跑出大門。

「妳明天不要來上班啦！」他在後面指著喊。

侯麗珊目送沈主任憤然而去；怎麼他晚上突然來查勤？幾天前他發給每個作業員一張紙，要每個人寫下自己家裏的地址；怕有的人遷家或變更地址，好給人事課核對更正，有事時好與作業員的家裏連絡。他交代領班，寫完後收齊交給他轉給人事課。

侯麗珊覺得有點蹊蹺，走過來向藍瑞梅小聲說：

「妳要小心，可能是妳寄出的匿名信林進貴派他來查對筆跡。」

「我知道，讓他曉得是我寫的也好。我要寄出時看了又看，一點也不冤枉他，他不能對我怎樣。」藍瑞梅撮尖堅強的嘴唇沈思片刻：「本來我是想署名的，後來想那等於掛牌向他挑戰；匿名還算是怕他，尊重他廠長的威嚴。我本意也是好的，讓他了解自己的作為，改一改。」

「妳總是要小心，不要有什麼紕漏被抓到，妳上一次冒頂沈主任，我看他一直在注意妳。」

「有什麼好怕的，了不起不幹！」

事情就爆發在晚上這件意外的事上，侯麗珊想不出辦法好幫助她，看樣子她是逃不過被開除的。開除她。她一定會邀幾十個跳槽，那她這一組一定會瓦解的。

藍瑞梅照樣來上班！一上班先拿三份報告給侯麗珊。

「昨晚的事我寫了三份報告，麻煩妳幫忙請送公事的小姐轉一下。這份給廠長，這份給洋人總裁，這份給工會。」

侯麗珊看完她每一份報告；她承認自己因感冒，兩餐沒有吃，上夜班時提早出去吃宵夜，是她的過錯，可任由公司處分。給工會的，她指控沈主任虐待員工，禁止她用膳，要求工會代送法院控告他；給洋總裁的，她寫：「……美國總統卡特主張人權政治，總裁所用的主任卻公然侮辱員工，我們中華民國也是尊重人權的國家，請總裁代轉法院控告沈主任侮辱人權……」

「妳這樣直接送給洋老闆，越級報告。」

「妳就叫送公事的給我送上，什麼越級報告？要林進貴轉，他不給妳丟進字紙簍裏才怪。」

洋人總裁、廠長、工會都派人來要侯麗珊以組長的身分勸勸藍瑞梅私下和解，不要告到法院去，不然報紙一登出來對公司難看。

侯麗珊很希望藍瑞梅到法院去告狀，但各方面的壓力，她不得不勸勸她說：

「算了，和解算了。沈義地已被洋人叫去罵了一頓。」

「要和解就叫公司把沈義地調離四廠，不然工會不送法院，我自己上法院告他公然侮辱。」

## 八

廠長林進貴又派人來叫施妙惠上廠長室談話。她回到線上時表情凝重，工作了一會兒，走過來向侯麗珊辭職。

「組長，我不幹了，下午我就不上班了。」

「做的好好的，怎麼不幹了？」

「廠長要我明天到廠長室去上班。」

「妳不當祕書就告訴他妳不會英文、打字、速寫，文書這些工作，不就行了。」

「他說不會沒有關係，有別人可以做，我只要在廠長室登記收出文件，整理整理辦公廳就行了。」

「那不錯啊？這也是秘書嘛！工作輕鬆，一個月還可以多拿兩、三千元。」

「他昨天下午在宿舍門口等我下班，要請我去吃飯，我看他居心不良，我不幹。」

施妙惠眞的沒有再來上班，侯麗珊感慨萬千：自己如有她的意志，也不會被他白咬一口！

「……不要小看我是一個小女工……如果我要整你這個大廠長也是很簡單的……」

藍瑞梅的話再度使她怦然心動。藍瑞梅因爲那封信，被藉口早退吃宵夜，從餐廳揪著頭髮推到線上來。要是別人十個也不夠開除，藍瑞梅的勇氣和智慧卻使她安然無事，還要求把沈主任調離四廠。

「這種人實在該整的。」侯麗珊咬牙自語：「我一定要整他。」

怎麼整他呢？就到洋總裁那裏揭發他，以升她做組長的餌誘姦她；還有施妙惠的事；還有藍瑞梅的事；還有……這些事若不足以讓洋老闆開革林進貴，他這人貪饞無饜，以後就拿看IC集體路片的顯微鏡頭照他，放大他的一切作爲，然後抓住致命傷……。

「洋老闆下令把沈義地調到一廠去了！」

全廠的作業員都在議論這件事，沒有人不佩服藍瑞梅；這給侯麗珊很大的信心，終於鼓起了勇氣，打開線上的門，經過廣場走向辦公大樓；進入電梯，按亮洋老闆辦公室的六樓電鈕。電梯再冉冉上升。洋老闆曾來巡視線上時向她問過幾次工作情形，她想先向洋老闆解釋藍瑞梅事情的經過，並向他要求提高作業員的待遇；然後談施妙惠的事；最後報告自己的遭遇，別忘記要求洋老闆爲我的失身守密。萬一洋老闆不守密傳出去？……那也無所謂，事情早已看開了，要沒有面子，你林進貴比我侯麗珊更沒有面子。

電梯門頂的樓燈亮出「6」後停住了，門自動滑開，侯麗珊佇立著看梯門外，走道北面古銅色泰國柚木隔間，鏤花藝術門上掛著中英對照的「總裁室」的壓克力小牌。她望著「總裁室」三個字，想裏面坐在大辦公桌後高級轉椅上的那個洋老闆：金絲頭髮，高鼻子，眼睛深凹黃濁，白皮膚的手臂上長滿金絲汗毛——洋人總裁！林進貴是他器重的廠長，他們利害相關，他不可能聽妳的；他不能代表正義。尤其他是一個外國人，找他不如找藍瑞梅！侯麗珊按亮「一樓」的電鈕，電梯緩緩而下。

走出大樓，庭園照滿白亮的陽光，她想跟藍瑞梅商量，直接找林進貴算這筆帳。

——一九七七年五月十二日脫稿，發表於《現代文學》

# 楊青矗小說中所反映的「現代化」問題

Thomas B. Gold 著
津民 譯

## 一

「現代化」是個相當模糊而又無所不包的概念；多年來，社會科學家不斷嘗試著要爲這概念下定義，要賦予它特定的內容。他們——社會學家、政治科學家、經濟學家、人類學家及心理學家們——運用了由馬克斯・韋伯、通尼思・巴森思等作者首先提出來的概念及範疇，也把他們自己的世界觀及偏見夾帶進來；所謂的「現代」，因而便有了基本上不同的指涉：它基本上指涉的可能是一種社會結構的現象，可能是政治的、經濟的，也可能是一種人類學的，或者是社會心理學的現象。

於是乎，對某些作者來講，所謂「現代」，它的意思便是說：在一個社會裏，居住在都市的人口比居住在農村的人口還要多，產業工人比農民還要多，而它的教育普及，一般人民都識字、能閱讀等等。

或者，所謂「現代化」也可能指的是社會上大多數人在政治決策過程中越來越多有意義的參與；而在這樣一個社會裏，人們對國家的忠誠比他們對親族的忠誠還更重要，而且社會中的每一份子都有平等的機會擔任公職。這樣的一種社會通常它的模範便是西方各國的民主政體。

對於經濟學家們來說，「現代化」便是指：在「全國生產毛額」的比率上，工業產品大於農產品；「全國生產毛額」每年持續不斷地上升，科學管理代替了家庭裙帶關係式的管理，消費必需品供應充分；還有，在這樣的一種經濟體制下，原先它需要仰賴進口的產品，現在已經可以自己製造了。

人類學者在努力爲「現代化」下定義的時候，他們所研究的則是家庭與農村生活羣的解體，以及人民在生活上各種忠誠行爲及介入行爲。

至於心理學家呢，他們認爲：如果社會中個別的個人是「現代的」，那麼，這樣一個社會便可以說是「現代的」了。他們衡量所謂現代的準則不外乎：人們對工業化的態度如何，工廠生活的紀律如何，對於科學之是否取代了迷信，以及對於個人在社會中所扮演的角色看法如何。

以上這些見解可以說是過分簡化的說法；不過，也許我們可以從以上這些過分簡化的說法概略地了解到的確有許許多多問題——自從第二次世界大戰以來，就有一種顯然遍布全世界的「過程」，當我們試圖要爲這樣一個「過程」下定義的時候，我們勢必要碰到許許多多的問題。那就好像「盲人摸象」——每一個盲人都可以把他所熟悉的那一部分說得一清二楚，卻沒有人可以把這隻大象完整地描述出來。

以上所述及的社會科學及它們的各種定義，事實上也只代表了一面——由美國的社會科學所打出來的那一面。自從大戰以來，約有二十年以上之久，美國這方面的理論可以說控制了學術界，也控制了非學術界。一直到美國在越南吃了一場敗仗，美國這一面的理論也才跟著敗退下來。這樣一種理論反映了美國人的種種偏見、種種限制及美國的種種政策——美國人簡直就相信：所謂「現代」意思就是「與美國類似的那麼一回事」。結果呢？他們分析的範疇及批評基準全都淵源自他們的美國式教養及美國式環境，而且與這些東西無法區分開來。這些社會科學家們在全世界各開發中國家成爲當地政府的顧問，自然而然地便把他們那些理論硬生生地加到無數的當地人民身上——他們錯誤地相信：美國經驗有它的普遍性，可以通行全球；這樣的一種美國經驗應當要運用到全球的每一個角落，而且可以不經過多大改變就運用到全球的每一個角落。

與這樣一羣思想相對立的是馬克思主義者及其他批判性的社會科學學派——他們堅決地以爲：所謂「現代化」相當於獨立、反帝及社會主義。他們認爲：只有當這些條件都符合的時候，工業化、工人階級的產生及羣衆的政治參與等等才有可能發生。這種思潮在二組人羣之間產生了嚴重的分裂——一種是支持蘇聯社會主義建設的理論的，另一種則認爲眞正的答案在於中共的範例。他們在信念上之不同處還有：是否這世界上將只有一種社會主義或共產主義社會，或者說每一個國家將會根據它獨特的文化及社會傳承而發展出一套屬於它自己的東西？

以上所述，代表了二種基本的——雖然未免太過於簡單化的——對於「現代化」的觀點。近年來，也有人昂首濶步地想要把這二種觀點混合起來——從每一種觀點各取出一部分，而發展出一個新的、混合的說法。

然而，在這兒，我們又發現到：如果我們嘗試要爲「現代化」下一個可以通用到包括像寮國、立索托及波利維亞這樣不同社會的定義的話，那我們所能得到的結果將會是個模糊不淸的定義——甚至，它將模糊不淸到一概不管這些國家有沒有什麼不同之處，甚至於它還可能搞得一點意義也沒有。再說呢，它們主要是描述性的，而不是解說性的；也就是說，它們只是把正在發生的事物指給我們看，卻不爲我們解釋到底爲什麼是這麼一回事。

社會科學家還有他們更進一步的問題：他們過分依賴理論，而且跟他們所生存於其中的眞實世界缺少接觸。當我們讀那一大堆堂堂皇皇的「現代化」理論的時候，作爲讀者的我們經常會想到、問道：到底這位理論專家有沒有離開過他美國某大學的辦公室？要是說這位理論大師眞的曾到開發中國家訪問，那麼他經常也只不過是訪問了政府官員，收集了官方資料，而光憑這麼一點點東西他也就認爲他自己已經認識這個社會了。如果這位理論專家發現到某事某物在名稱上或表面功能上與他自己的社會中的某一個現象相類似的話，那他會認爲那是完全類似的二種結構體。而實際上呢，「工會」也者，「政黨」也者，也只不過是表面文章，而對於在不同的國家取用類似名稱的實體的眞實內容，則並沒有解說出什麼意義來。

至於台灣當地的社會科學家們也難得好到哪裏去。他們通常來自上層階級背景，他們一向瞧不起那些用雙手出賣勞力的人。他們大多接受西方教育的訓練，深受西方影響，浸染於西方社會科學的諸般分析工具及分類範疇——而這些西方的東西，他們毫無保留，毫不批判地用於他們自己的社會裏。因此這二組人看待社會變遷的方式通常是從社會的頭部頂端看下來，而不是從那些眞正體驗這種變遷的社會大衆的觀點來看。這個缺點正在改變之中——當各個社會產生了更多的財富，發展了當地的教育制度，也訓練了他們自己的專家幹部——這些專家幹部也許將會比較能夠了解、親近他們所生活於其中的現實。

除了社會科學以及社會科學對這世界的種種看法之外，還有另外一套經常爲人所忽略的有關現代化的主要資料——藝術。當一個國家逐漸擺脫了殖民主義的束縛，而努力奮鬥要建立一個新的社會、經濟、政治制度的時候，它同時也會產生出一種相當程度的反映出種種社會變遷的藝術。這當然不是一成不變的死硬規律。在許多社會裏，藝術與它所生存的社會很少有什麼關係，甚至毫無關係。這種藝術是刻意地逃避主義的，怪誕不經的，它故意創造出一個不眞實的世界，好讓人們從日常生活的種種掙扎及種種挫折中逃離到那兒去；它同時也爲商人們——大衆品味的裁判官們——賺取了大量的金錢利益。或者呢，藝術也可能在政府的認可下成爲脫離現實的逃避主義——因爲官方怕藝術會成爲啓蒙民衆的工具，會使民衆認識到他們眞正處境，從而鼓舞他們採取行動。

然而，當大多數的民衆獲得了基本知識，而且對於他們自己在社會中的角色培養出一種概念的時候，他們之中有很多人就開始產生比較能夠反映他們日常生活的藝術了。這種藝術也許是鬱悶的，也許是昂揚的，也許是臣服性的，也許是反叛性的，也許是消極性的，也許是積極性的。無論如何，這種藝術確然存在。在某一個階段，大多數的人們將會有能力拿起筆，產生出他們可以了解、可以欣賞的藝術，說出他們的需要及他們的願望的藝術，既有娛悅性又有知識啓發性的藝術，以及那種在他們與急速轉換的世界奮鬥掙扎的過程中可以引導他們往前走的藝術。

這個現象存在於台灣。最具代表性的藝術工作者之一便是我們的短篇小說作家

——楊青矗。

## 二

一般人提到楊青矗這三個字，常常會脫口而出：「噢！他不就是那個工人作家嗎？」在某個意義上，這種說法是正確的，因爲他最近出版的二本書裏所寫的都和工人有關。但僅僅把他當做是一個工人作家，將會忽略了他較早期的，就某些方面而言更爲豐富的作品。如果把他的所有作品做個綜觀，我們倒覺得說他是個「現代化問題」作家，反而更爲貼切。在他作品本身具體地反映出，台灣從日本的農業殖民地變遷到現代化的工業社會。這種變遷過程在他的作品裏，反映得比一般社會學專論還多。

楊青矗是楊和雄的筆名。一九四〇年出生於台南鄉間。十二歲時，和家人遷居高雄，白天工作，晚上上夜間部，先後完成了初中和高中的學業。目前，在中國石油公司高雄煉油廠工作，同時兼顧家裏的裁縫店。

楊青矗並沒有受正規的作家訓練。在他成長的一九五〇年代裏，很少有典範讓他學習，也很少有人教他。因爲在國民政府遷移來台初期，一九二〇和一九三〇年代的大部分大作家都還留在大陸，結果，他們的作品在台灣都被查禁。在日本統治下，少部分台灣人也寫了一些小說，但這些作品是用日文寫的，因而不宜當時新的中國文化環境，在一九五〇年代，大部分文學作品都是那些能以中文寫作的大陸來台作家所寫的。(一八九五年到一九四五年，台灣是日本的殖民地，台灣人都是接受日文教育。中文難於運用自如。)

大部分大陸來台作家所寫的，都是有關懷鄉的大陸生活，他們並不關注台灣的現實。對他們而言，台灣只不過是國民政府的臨時所在地。他們認爲，當共產政權瓦解後，他們將能很快地回到他們的家鄉。即使他們也寫台灣，但所寫的都是與社會現實無關痛癢的閒情文學，他們並不寫幾佔人口百分之八十以上、根生於其上的大多數人們的台灣。這些作家對於上一代的大作家和外國小說家都已經很熟悉。

一九六〇年代，台灣出現新的一羣作家。他們以「現代化文學」爲中心。他們之中，有許多人是台大外文系同學。他們接受台灣所能給予的最高教育。有許多人甚至還到美國去接受更高深的文學和寫作訓練。他們作品的焦點擺在台灣，同時也反映出他們的高深教育和對於大部分現代文學技巧的熟悉，如「意識流」、「內在獨白」、「斷碎的時間順序」、「故事中的故事」和「象徵主義」等等。

楊青矗則代表一個大大不相同的背景。他沒有受過大學教育，他也未曾出國，他不懂外文，他唯一的訓練是大量閱讀世界偉大作家的翻譯作品，博覽羣書，不斷地自我摸索、自我訓練使中文臻於成熟。

在一九七〇年代初期，他和其他台灣本地作家開始出版小說。他較少在以西方文化爲取向，只有少數讀者，類似《現代文學》的雜誌上發表文章。他的作品多數在大衆化的報紙上發表。這些報紙都有副刊專門刊載小說之類的作品。

這羣作家，大多出身貧窮，所受的正規教育也很有限，同時也都不曾出國。因此他們所寫的主題和表達形式相當有限。他們是受豐富的生活經驗及強烈的使命感和創造力的靈感所驅使而從事創作。他們寫的小說是有關於他們實際經歷到的，以及他們現在所知道的生活。他們的文字沒有像大學畢業的作家們那麼嚴密精鍊。他們小說中的結構不一定嚴嚴謹謹，情節也不一定完完整整。但這特性使得他們的文學更能反映他們的世界，而且更爲生動活潑。

最近，在台灣，這類文學掀起了一場辯論，同時因某些理由被統稱爲「鄉土文學」——這意味著有濃厚鄉土色彩的傾向。大部分的這類作品所描寫的大多是在現代化的台灣生活較令人不愉快的一些層面——諸如家庭破裂、窮困的農民和漁民、毫無保障的工人、都市化、妓女和小人物的下層社會等。這些故事著重在描寫台灣底層社會的疾苦，不去歌功頌德。他們寫出了社會的種種衝突和缺點，與不公平，提出問題讓專家或讀者去尋求解決的方法。

像現在的台灣這樣的社會，存在這一切的一切，可以說是非常自然的事。在僅僅三十年的短暫時間內，台灣從第二次世界大戰飽受轟炸的農業社會進步到工業社會。它對於世界經濟的影響超出自然給予它的限制。人民的生活水準平穩地提高了，財富分配比其他開發中國家平均些。每當一個時期成熟時，政府就採取一些步驟去解決矛盾，使台灣能更上一層樓。因此，台灣不經流血地完成了土地改革，促使農業增產，且爲工業界提供了資金和勞力。台灣工業化的第一步驟的重點是傾力製造目前還仰賴進口的日常用品，好減少外滙消耗，以便能有剩餘資金去做別的用途。當國內市場已達飽和狀態，而且輕便日常用品的進口代替已發展到最高點時，政府開始著重於產品的外銷，開始改善投資環境，好刺激國內企業家及外商的投資。在度過一九七三年至一九七四年的石油危機，經濟不景氣及通貨膨脹之後，政府致力於經濟的穩定成長、多樣化生產和尋找不同的市場，並促使生產和管理合理化。政府已從事大規模的投資，以便現代化本島的基層結構，和輔助未能趕上時代急速變化的各個社會層面。

然而，話又說回來，一個政府，在急速的變遷之中，要維持一個安定的社會而獲得這許多成就，要不是有人民大衆的合作是不可能的——人民大衆那樣賣力地工作，而且在消費的基本物質條件還沒有創造出來以前那樣地節約消費，可以說是經濟成長的基本因素。在這同時，收入增加了，醫療改善了，壽命延長了，文盲也消除了，人民得到了基本的義務教育和休閒時間，他們的需求也就更不容易滿足了。而新的社會問題也因此產生——這與這類發展模式的設計者們的預言可說是相當一致。

當這些問題產生時，便很自然地被以這一種或者那一種形式表現出來。台灣社會已達到相當驚人的穩定，甚至——除了極少數的幾個例外——避免了暴動，而且很成功地藉著其他方法解決種種問題。但新的一些問題緊接著又產生了，同時也必然會引起了當政者的注意。台灣的報紙一貫地不做調查報告，結果，這一來小說作家就站出來，成爲最堅忍不拔地指出這些問題的代言人。當然啦，他們在寫作時一定會加入些想像，但這並不減少他們作品裏所表達的社會問題的重要性。他們的文學作品告知某一階層的人們其他階層的人的生活狀況是怎麼一回事，讓他們知道還有其他的人和他們一樣有相同的問題存在。同時也呼籲當政者去關注由於急速變遷過程所產生的種種社會問題——那些要求當政者不得不正視的種種社會問題。當這羣作家繼續發表他們的文章，而且爲人所注目的時候，台灣在通往民主的大道上將會邁開大步向前進。在此，我應該附加一句：台灣作家們也應該改變他們一貫只關注於種種否定層面的方向，而應花點力氣指出許多台灣人民生活上的種種肯定層面。

楊青矗的生活很容易被認爲是一種台灣生活的典型。當經濟繁榮，大衆可獲得新的機會時，台灣的民衆，像楊青矗，就從鄉間搬到城市，由農人轉業爲工人，由文盲轉變爲識字者，渴望去滿足基本的物質享受。而且，他將改變以往對於變革的消極態度，而確信一切進步掌握在人民大衆的手中。

他的作品反映出他個人的現代化和台灣的現代化。他最初的兩本集子——《在室男》（一九七一）（書名已改爲《同根生》）、《妻與妻》（一九七二）（已與《心癌》合印爲《那時與這時》）——敍述了包括許許多多階層的羣衆如何使台灣現代化——諸如日本帝國主義奴隸下的台灣農民，以及在光復後的農人、工人、企業家、妓女、知識分子、中產階級等等人物。許多故事呈現出他對於一個人面對著社會現象的觀察。這種傾向在他的集子——《心癌》更進一步地被列舉出來。在這集子裏的每篇故事都是一篇寓言，他描寫人性癌症，有的是由於制度與環境形成，有的是由於個人江山易改、本性難移的壞習性——如賭博、墮落、貪慾——而遭致身敗名裂。

在一九七五年，他收集早期作品中有關工人的故事，出版了《工廠人》這本書。從此，他就被歸類爲工人作家。他最近出版了一本完全描寫女工生活的集子——《工廠女兒園》——更加深這印象。然而，楊青矗的全部作品實在有它們更大的意涵。

我之所以挑選五篇小說來翻譯，是爲了要展示他的作品裏有更豐富的主題。這不僅因爲它們是楊青矗部分最好的小說，同時也因爲它們代表了台灣現代化的過程。這個現代化的過程是居住在台灣的人民所經歷到的。在某一個格式上，它們描寫的比任何社會學專論更爲活潑生動。它們告訴我們：在急速的社會變遷中，個人怎麼樣去向混亂的環境挑戰，或者是如何被它蹂躪。從這個意義上來看，這些故事的價值遠超過它們的文學成就——它們已成為台灣現代化歷史的重要資料。這些故事大部分所描寫的，雖然僅有關一個或兩個人。但小說中，主人翁所發生的事情都與讀者有關，以至於我們會跟作者一樣地同情他們，並且站在他們那一邊。

至於說在寫作技巧方面，楊青矗所使用的技法或許說不上具有什麼領導地位。雖然他常常運用「倒敘」的手法來呈現小說中的人物，但他的作品大部分都平鋪直敘，甚至某些故事的發展漫無目的，有的跟故事的結尾與整個情節的發展不能緊密連貫在一起。但他相當成功地使用「內在獨白」，來傳達故事主人翁在面對種種困難抉擇和挫折時的思想過程。他的技巧在對話中能顯現出來。他掌握了日常生活的種種韻律和語言上的村野趣話。他在對話裏為使人物生動，使用了一點台灣國語。讀者必須要懂得一點方言才能完全地了解和欣賞。他的描述段落經常是詩意盎然的，在這些描述性的段落中，他攏進了一些在一般文學作品中找不到的方言字詞——這種作法，當然也可能讓一些讀者在閱讀時感到吃力。然而他也從來沒有展露他能像《台北人》作者白先勇一樣的使用中國古典文字的種種格式和韻律——這種東西是像白先勇這類著名的文體家的散文與衆不同的地方。

三

以下概略介紹楊青矗幾篇小說中的社會及背景歷史關聯。

台灣的經濟發展，原先是建立在一種原理上——這種原理認爲：首先應該優先考慮發展農業基礎，剩餘的才用來支持工業成長。依照順序來看，工業、農業，在初期階段，是建立在支持不斷的農業成長的基礎上。首先要發展的工業是建立在食品加工的基礎上的種種輕工業。這些輕工業繁榮了，種種工業也就跟著發展了，它們會漸漸製造出、生產出原先仰賴進口的當地生產的貨品。紡織業是其中最重要的一個好例子。

一場成功的土地改革在一九五〇年代初期執行完成了。其中的一個結果便是提供了大地主們資金及四大公司的股份，好鼓勵他們轉換到現代工業區域去。雖然只有一少部分人做了這種調適，然而，無論如何，資本到底是被導引到另一個方向去了。

〈綠園的黃昏〉告訴我們一個農村家庭在崩解過程中的故事。標題明顯地指出了：一度曾經可以從農業導引出來的繁榮生活，已經被工業所取代了。當工業快速成長的時候，越來越多農民離開了土地，變成了僱佣工人。這樣一來，沒有人留下來耕田，土地就給賣掉了，甚至挖成魚塭養魚。

楊青矗以一個愛情故事穿插進這個過程裏，表現農業社會農地多的農家子弟，女孩爭著嫁他；工業社會因田多，女孩子怕種田反而娶不到太太，來象徵農村的沒落。在故事的結尾我們比較關心的不是愛情故事，而是那些土地。楊青矗在這篇小說裏運用的一個象徵——在〈同根生〉一文裏又再度使用這個象徵——是一個家庭，其中的每一位兄弟姊妹各代表了台灣的現代化過程中的不同階段。在這兒，世榮的爸爸留在農村裏不遺餘力地工作，而他的兄弟們卻在工業上發達起來。同樣地，世榮和他妹妹惠芬也留在農村裏，好讓另外二個較年輕的弟妹接受高等教育，而這一來，這二個較年輕的弟妹就全然地從那哺育他們的土地上割離開了。

然而，楊青矗並不會對於鄉間生活有不必要的濫情、感傷。他詳細地告訴我們一個農人的生活會有多麼困苦。他也不是反工業化的。他在告訴我們在這樣一個猛衝向工業化的社會裏某些人的挫敗與苦痛，小說的結尾是社會進步的一場勝利，但對主角則是一場失敗。這篇小說出版以後，政府幾年來花費了很大的努力及資金改善農民生活及促進農業機械化上。況且，石油危機所造成的失業問題，也使得大量的青年返回他們的家人尚未轉讓的農村去。而且工業拓展到台灣島的每個角落的結果，造成了不尋常的、驚人的土地價格上漲，許多農家成了暴發戶。

〔譯者附註〕：一甲地等於〇・九七公頃，等於二・四英畝。一分地等於〇・一甲，等於〇・〇九七公頃〕

〔當楊青矗這篇小說寫就的時候，美金一元等於新台幣四十元；貶值之後，美金一元等於新台幣三十七

（一九七七年五月）

愛河是高雄眞正的一條河流；在〈在室男〉這篇小說裏，它象徵了天眞無邪與通曉世故，一位少年至成人的長大過程。這篇小說的歷程就好像是一場原始祭禮：一個天眞無邪的童男，與一位在人生中打滾、純粹肉體質素、比他年長的酒女開了竅，引導他進入各種成年人生活的神奇境地裏。在他與她相處了幾次的經驗之後，酒女犧牲了，這位少年由此長大成人，在這世界上開始擔當他的職分了。

事實上，更簡單地來看待它，這篇小說所講的也可以說有關於都市生活對於一個天眞無邪的鄉村少年所造成的腐蝕性的影響。

這篇小說的語言粗得很，充滿了台灣人的黃色語言，也準確地抓住了大部分台灣人在聊天時的口氣。有些高雅的批評者對這種東西很吃不消，很反感。然而，我們要知道，其實這種東西才是這篇小說成爲台灣現代小說典範的諸多原因之一，也是這篇小說的主要優點之一。

〈同根生〉這篇小說也是運用了同樣的方式：讓一個家庭中的每一份子代表台灣現代化過程中的一個不同的階段。它描述了一位成功的企業家的經驗——這位企業家憑藉著技巧、勇氣以及對市場的敏銳了解，建立了一個相當有利可圖的企業。他的財富使他在社會上獲得了一個新的地位，也使得他企圖把他從前貧困生活後遺留下來的種種痕跡全部塗抹乾淨。他想要運用他的錢財來追求合法地位。

春雲，那位最年長也最漂亮的女兒，代表了他的過去。她和她丈夫無法適應現代社會。她丈夫的職業是三輪車伕，那是變遷過程中被淘汰掉的許多行業之一。他既不識字，無法通過汽車駕駛執照的筆試。而他的自尊心也不容許他伸手接受他岳丈的施捨。

春英是個過渡型的角色，在新舊環境中卻覺得自自在在。作者把嘲諷的對象擺到春蓮這位新娘子身上——她既不漂亮，也不聰明，只是靠人爲的手段來使她自己看起來既漂亮又聰明（化粧及家專的文憑）；她同時也靠這些人爲的手段來釣金龜婿——釣的是一個留學生，一個到頭來可能遺棄她，要到亞美利加新世界、新天堂去的大學生。

小說中那個大擺場面、無聊透頂的婚禮，成爲這位父親誇耀他自己財富的機會，他也趁機誇耀他自己如何成功地爲最小的女兒找到理想歸宿。這篇小說可以說是楊靑矗所有作品中嘲諷最銳利也最動人的幾篇小說之一了。

就目前來說，工業對國民生產總額的貢獻比農業還大，而受僱於工業部門的也比受顧於農業部門的人爲多。台灣的大企業是在各種條件都不足的環境中成長起來的。那種成長環境簡直就好像是在開發邊疆——在那個時候，企業家只要他能夠拚命工作，而且天不怕地不怕，甚至會鑽營苟且，會鑽法律漏洞，那他就可能出人頭地。許多企業家都在這種條件下發跡起來，他們並不知道別種做生意的方法。然而，一旦這些成長條件穩定下來，而現代工業管理方法產生全面影響的時候，政府就插手進來把那些養肥早期企業家們的漏洞一一塡補起來。雖然這麼說，在這同時，傳統中國社會的一個陋俗卻一直革除不掉——一個要飛黃騰達的人，對他來講，更重要的是上上下下大送其禮，拉好關係，好運用種種關係來打通關節。

〈升〉這篇故事呈現出那些工業管理的正式法規和工業理論之間如何各行其事，大不相同，也同時呈現了以往做生意的老套如何流連不去，該死而不死，故事中的林天明一直是個循規蹈矩的人，卻一而再、再而三的失敗；當他接受了同事的勸告，打算改送「紅包」來打通關節的時候，他還是失敗了。這篇小說並沒有爲我們點明：到底有沒有哪一條路是爲這樣一個渴望向上爬的臨時工人打開的？

在這故事裏，楊青矗再一次展示出運用語言的微妙微肖。他眞是把日常生活語言中那種粗俗有趣，那種坦白率眞準確地抓住了。他同時也在小說中爲我們介紹了一種最普通的借貸方式——「標會」，銀行借錢給人家是要抵押品的，而大部分的台灣民衆以「標會」張羅金錢，以應急需或以備不時之需。〈升〉贏得第三屆吳濁流文學獎。

把零件加工組合起來的許許多多工業，佔台灣工業的一個重要部分。這些零件來自於國外或與外商合作的國內工廠。這些被加工出來的產品主要是爲了外銷。這類工廠裏工作者幾乎完全是年輕的女工。她們在完成初中和高中學業後，爲了賺錢養家（她們家裏往往是種田的），爲了積蓄嫁粧，結交新的男朋友或女朋友，她們到工廠工作一段時間。女工的流動性通常很大，她們在一個工廠工作不到幾年，廠方常常爲她們舉辦一些康樂活動——像歌唱會、縫紉班和舞會等等。他們的用心可能是良好的，但往往會造成——像〈工廠的舞會〉這篇小說所描寫的——對女工的蔑視和羞辱。

雖然她們也想認識一些男朋友，因此也想參加舞會，但她們可不願被看待成下人——她們不願去娛樂那些丟糖菓給她們的管理員；她們也不願成爲男工的性慾玩物。同時也由於工廠裏男工較少的緣故，所以他們能夠輕蔑地在女工中任意挑選他們的玩伴。

歐巴桑（日本人對上年紀婦人的稱呼）在工廠裏像她們的母親一樣，但歐巴桑不會了解這些女工要人家尊重她們獨立自尊的人格。〈工廠的舞會〉這篇小說中的作用是：它成爲整個社會各個階層及他們之間種種人際關係的一個縮影。

這篇小說充滿了種種衝突，而且一度又在曖昧不明中結尾。

楊青矗的這些小說處理了社會科學家在他們嘗試要爲「現代化」下個明確的定義，面對所需要處理的一些問題。在我們讀完了這些經過「小說化」的「眞眞實實」的記錄之後，我們也許再也沒有什麼要加以闡揚的理論了。但我們確已經了解到：在社會變遷之中受到衝激的這許許多多人到底有些什麼樣的衝突，又有些什麼樣的鬱悶苦痛。

# 四

我們實在應該了解「現代化」——許許多多錯綜複雜的變遷過程全部加起來的一個通稱名詞——到底是怎麼一回事。正在體驗種種變遷的生活，每個層面受到困頓流離的低開發社會的人民，也實在需要搞清楚一切發生在他們頭上的到底是怎麼一回事；他們也需要學會如何去適應這一切變遷，同時還應該要弄清楚他們現在過的到底是怎麼樣的生活。這些國家的當政者也需要把許許多多變遷過程搞個清楚，這樣他們才有辦法成功地領導他們的人民，建設富強康樂的國家。這樣他們社會每個人所扮演的角色和彼此間的關係雖然正在改變中，但在整個過程中也不至於把國家帶向自我毀滅的道路。已開發國家的政府和它們的人民，也需要搞清楚正在發生的到底是些什麼事情，這樣才能避免由於他們對開發中國家錯誤的判斷，而訂出一些比以前甚至更加錯誤的政策。這樣他們才會更進一步了解到：他們的所做所爲對於比他們落後的國家潛在著種種破壞性的影響。

自從第二次世界大戰結束以後，這些年來已產生了一個新的世界性制度。在這種制度裏，世界上每個國家的經濟和社會在某些程度上是交織在一起、是相互影響的。在美國，一個跨國公司總裁所下的決定，會深深地影響到他自己國家和許許多多國家經濟的穩定與社會的安定。同樣地，一個開發中國家，如果把原料價格和工資提高，也會深深地影響到已開發國家的政策。而這些政策反過來又會影響到許許多多國家。

在這世界性的制度裏各階層的人士相互間的溝通是很重要的。我已經嘗試指出：美國的社會學說對開發中國家的「現代化」所下的種種分析和種種預言，是如何的大錯特錯、是如何的不著邊際，而且又如何的光只是從文化角度出發。我們很有必要把這種種錯誤一一駁正，這樣我們才能把美國社會學上的那些謬誤的泛論，永遠消除得乾乾淨淨。

這個責任，有一大部分落在正在「現代化」的國家的領導者，和他們人民肩上。像楊青矗這類的寫實作家描寫了工業化、農村人口外流、科學管理、私人企業、知識水準等等，這一類普遍的現象，在特定的社會及文化背景之下，是如何地經歷了一場變化。楊青矗從一個較低的層面，給我們提供了一些資料，告訴我們有關工人們、家庭主婦、農人，以及妓女們是怎麼樣地受到社會變遷的衝擊，又是怎麼樣地面對這些變遷，他把這些人的生活生動活潑地帶進小說裏，使我們讀了不忍釋手，當這些小說人物在與這世界對抗的時候，我們不知不覺地跟他們站在一邊。像這樣的寫作技巧，在台灣，甚至在別的國家，幾乎還找不出第二個人來跟他相比。在動盪不安的世界裏，了解人民大衆並幫助他們解決痛苦，帶領他們度過難關這一方面，楊青矗的成就不下於當今的社會學家、藝術家以及政府或社會上的領導者；事實上，楊青矗的成就對於這些人應該可以說是一種挑戰。

——本文截錄自《楊青矗小説選》序

# 楊青矗小說評論引得

許素蘭　編

**說明：**

1.本引得，依發表或出版日期之先後順序排列，以一九九一年十二月卅一日以前國內發表者為限。
2.若有舛誤或遺漏，容後補正。
3.本引得承蒙中央圖書館張錦郎先生提供資料，謹此致謝。

| 篇名 | 作者 | 刊(書)名 | 卷期(出版者) | 出版日期 |
|---|---|---|---|---|
| 1.楊青矗《在室男》評介 | 隱地 | 幼獅文藝 | 三四·二 | 一九七一年八月 |
| 2.碧竹談書——《妻與妻》 | 碧竹 | 書評書目 | 一 | 一九七二年九月 |
| 3.幾點瑕疵——評楊青矗的《妻與妻》 | 楊添源 | 書評書目 | 四 | 一九七三年三月 |
| 4.楊青矗的《妻與妻》讀後 | 覃思 | 新夏 | 三四 | 一九七三年六月 |

| | | | | |
|---|---|---|---|---|
| 5.楊青矗的魅力 | 林鍾隆 | 青溪 | 七五 | 一九七三年九月 |
| 6.楊青矗的世界 | 張良澤等 | 文心（成大中文系系刊） | 二 | 一九七四年五月 |
| 7.談楊青矗的三個短篇集 | 李師鄭 | 書評書目 | 二三 | 一九七五年三月 |
| 8.楊青矗的《工廠人》 | 葉石濤 | 台灣日報 | | 一九七六年一月七～八日 |
| 9.楊青矗的《工廠人》 | 洪宏亮 | 書評書目 | 四二 | 一九七六年十月 |
| 10.楊青矗的《工廠人》 | 葉石濤 | 夏潮 | 二：四 | 一九七七年四月 |
| 11.楊青矗的〈昭玉的青春〉 | 季季 | 書評書目 | 四九 | 一九七七年五月 |
| 12.〈昭玉的青春〉評介 | 季季 | 六十五年短篇小說選 | 書評書目 | 一九七七年五月 |
| 13.楊青矗筆觸下流露的感情 | 江春男 | 自立晚報 | | 一九七七年六月十二日 |
| 14.楊青矗的良心與用心——讀《工廠女兒圈》書後 | 呂秀蓮 | 台灣日報 | | 一九七八年二月十八日 |
| 15.眼淚、血汗、豐收——序楊青矗著《工廠女兒圈》 | 柴松林 | 夏潮 | 四：四 | 一九七八年四月 |

| | | | | |
|---|---|---|---|---|
| 16.七〇年代的使命文學——論楊青矗和王拓 | 何　欣 | 中外文學 | 六：二 | 一九七八年四月 |
| 17.楊青矗文學的道德基礎——讀《工廠人》的隨想 | 許南村 | 台灣文藝 | 五九 | 一九七八年六月 |
| 18.楊青矗筆下的工廠人意識 | 蕭　蕭 | 台灣文藝 | 五九 | 一九七八年六月 |
| 19.從《心癌》論楊青矗的文學質素 | 花　村 | 台灣文藝 | 五九 | 一九七八年六月 |
| 20.社會的關切與愛心 | 洪醒夫 | 台灣文藝 | 五九 | 一九七八年六月 |
| 21.楊青矗小說中的「認知」 | 洪銘水 | 台灣文藝 | 五九 | 一九七八年六月 |
| 22.楊青矗小說中所反映的現代化問題——序《楊青矗小說選》中英對照本 | Thomas B. gold 著 津民 譯 | 台灣日報 | | 一九七八年六月五～七日 |
| 23.楊青矗的觸角 | 林清玄 | 時報周刊 | 三一 | 一九七八年七月二日 |
| 24.評楊青矗《工廠女兒圈》 | 葉石濤 | 台灣日報 | | 一九七八年七月廿二～廿三日 |
| 25.談楊青矗的小說集《工廠女兒圈》的運動功能 | 蕭　蕭 | 台灣日報 | | 一九七八年九月七～八日 |
| 26.論楊青矗小說裏的人際關係 | 許素蘭 | 前衛叢刊 | 二 | 一九七八年十月 |

| | | | | |
|---|---|---|---|---|
| 27.小說的方言使用，兼談楊青矗《工廠人》、王禎和《嫁粧一牛車》、黃春明《莎喲娜啦・再見》用語之比較 | 黃武忠 | 書評書目 | 七二 | 一九七九年四月 |
| 28.鳥瞰楊青矗的工人小說 | 彭瑞金 | 泥土的香味 | 東大 | 一九八〇年四月 |
| 29.小說家的社會關懷——兼談子于《迷惑》與楊青矗《工廠女兒圈》之比較 | 黃武忠 | 書評書目 | 九〇 | 一九八〇年十月 |
| 30.楊青矗小說中所反映的現代化問題 | Thomas B. gold著 津民 著 | 楊青矗小說選 | 第一 | 一九八三年十二月 |
| 31.工人小說家楊青矗 | 高天生 | 台灣小說與小說家 | 前衛 | 一九八五年五月 |
| 32.蓬門未識綺羅香——〈在室女〉的隱喻和對比 | 農倫讀 | 自立晚報 | | 一九八五年六月四日 |
| 33.論楊青矗小說裏的人際關係 | 許素蘭 | 昔日之境 | 鴻蒙 | 一九八五年九月 |
| 34.敲開標箱看底價——讀楊青矗的《心標》與《連雲夢》 | 柴松林 | 自立晚報 | | 一九八七年一月十四日 |
| 35.由泥揉成的社會人生——讀楊青矗早期作品選集《在室男》 | 花村 | 民衆日報 | | 一九八七年二月七日 |

| | | | | |
|---|---|---|---|---|
| 36.怨懟可以當歌?——讀楊靑矗《覆李昂的情書》 | 彭瑞金 | 文訊 | 二九 | 一九八七年四月 |
| 37.在暗夜裡追尋光——《一九八七台灣小說選》編選序 | 林雙不 | 一九八七台灣小說選 | 前衛 | 一九八八年四月 |
| 38.楊靑矗與工人文學 | 紅河 | 台灣文學入門文選 | 前衛 | 一九八九年十月 |

# 楊靑矗生平寫作年表

楊靑矗　編
方美芬　增訂

一九四〇年　1歲　生於台南縣七股鄉的後港，本名楊和雄。七股鄉爲舊稱北門郡的一部分。北門郡貧瘠，民生困苦，爲了改善生活環境，居民大都遠走高雄，另謀生路。

一九五〇年　11歲　隨父母遷居高雄。

一九六三年　24歲　開始寫作，發表散文〈購書記〉，係第一篇發表的作品。

一九六五年　26歲　參加文學營，以小說〈血流〉獲得競賽第三名。

一九六六年　27歲　發表小說〈石女〉。

一九六七年　28歲　發表小說〈成龍之後〉。

一九六九年　30歲　發表小說〈鹽賊〉、〈在室男〉、〈追求死亡的人〉。其中〈在室男〉，引起不同角度的批評，受到文壇人士矚目。

一九七〇年　31歲　發表小說〈工等五等〉、〈狗鬼〉、〈冤家〉、〈寡婦〉、〈兒子的家〉、〈同根生〉、〈白紗夢〉、〈死之經驗〉、〈綠燈虹〉（《台灣文藝》二十八期），及短評〈「一把長髮」讀後〉、〈評「大家談冶金者」〉。

一九七一年　32歲　發表小說〈升〉、〈低等人〉、〈上等人〉、〈醋與醋〉、〈雨霖鈴〉、〈那時與這時〉、及散文〈《在室男》後記〉。

一九七二年　33歲　一月，小說集《在室男》出版（文皇出版社）。
十一月，〈升〉獲得第三屆「吳濁流文學獎」。
一九七三年　34歲　發表小說〈在室女〉、〈綠園的黃昏〉、〈囿〉、〈海枯石爛〉、〈官煞混雜〉、〈切指記〉、〈起飛的年代〉（《台灣文藝》三十六期）。
八月，小說集《妻與妻》出版（文皇出版社）。
一九七四年　35歲　發表小說〈天國別館〉、〈痲雀飛上鳳凰枝〉、〈龍蛇之交〉。
發表小說〈狗與人之間〉、〈樑上君子〉，及雜文〈著作權、版權與盜印〉、〈斜風豪雨訪洪通〉、〈洛神的石園〉。
一九七五年　36歲　一月，小說集《心癌》出版。（文皇出版社）
發表小說〈掌權之時〉、〈工廠人〉、〈利息〉（九月二、三日《聯合報》），及雜文〈《工廠人》序〉、〈加工出口區的女兒圈〉、〈女權、女命與女男平等〉、〈魚丸與肉丸〉。
九月，小說集《工廠人》出版（文皇出版社）。
一九七六年　37歲　發表小說〈昭玉的青春〉（四月三十日至五月一日《聯合報》）、〈龜爬壁與水崩山〉、〈秋霞的病假〉（一名〈廠規之外〉）（以上是工廠女兒圈的系列小說）、〈現代華陀〉、〈拜託七票〉、〈香火〉，及雜文〈外行主管〉、〈路有車殍〉、〈公工人員與公務人員〉、〈把愛心獻給病患〉。
一月，雜文集《女權、女命與女男平等》出版（文皇出版社）。

一九七七年　38歲　發表小說〈香火〉（一月二十四、五日《聯合報》）、〈婉晴的失眠症〉（《台灣文藝》五十四期）、〈陞遷道上〉、〈自己的經理〉、〈工廠的舞會〉、〈外鄉來的流浪女〉，及雜文〈國內工人現狀分析〉（《夏潮》二卷六期）〈勞保與公保盈虧分析〉、〈勞心者與勞力者孰貴〉、〈問心無愧〉、〈爲許信良歸類〉（《夏潮》三卷一期）、〈寫作人權〉、〈大戀愛、小戀愛、沒有戀愛〉、〈談我國的文學獎〉。

一九七八年　39歲　發表小說〈重建〉、〈選舉名册〉、〈留美打卡補習班〉、〈司機先生〉、〈如何避免選舉舞弊——訪選務人員談選務工作〉（《夏潮》四卷三期）。

三月，小說集《工廠人的心願》、《廠煙下》出版（敦理出版社）。

四月，整理舊作出版，歸類編排，抽出重複，《在室男》改爲《同根生》，《妻與妻》、《心癌》合印爲《那時與這時》，散文重編而成《筆聲的迴響》、《工廠人》照舊。

七月，《楊靑矗小說選》(*Selected Stories of Yang Ching-Chu*)中英對照本出版，收有〈綠園的黃昏〉、〈在室男〉（〈橫渡愛河〉）、〈同根生〉、〈升〉、〈工廠的舞會〉五篇，英譯者Thomas B. Gold（高隸民）。

一九七九年　40歲　發表散文〈南洋卿〉、〈滿足的老工人〉及時評多篇。

小說集《工廠女兒圈》出版（敦理出版社）。

十二月十三日因高雄事件入獄。

一九八〇年　41歲　中秋節起，在土城每天中午一點起至八點寫一封信與小孩談讀書寫作、思想觀念、觀人識事、待人接物、創造新形象、發揮生命力等，每封信即一篇散文，到七十年元月六日夜移至龜山止，共寫五十多篇，成爲《生命的旋律》一書。

一九八一年　42歲　沒有寫作。

一九八二年　43歲　五月十五日起開始寫長篇小說〈連雲夢〉，至十二月十五日謄清脫稿。全文共三十萬字，每天寫作約十至十二小時。〈連雲夢〉自民國六十五年夏天寫完第一章停筆，至七十一年年底脫稿，前後共構思七年。

七月，短篇小說五本，由遠景出版社合印成《同根生》、《工廠人》、《工廠女兒圈》三本。

一九八三年　44歲　寫「外鄉女」系列短篇，計完成〈初出閨門〉（《台灣文藝》八十五期）、〈父母親大人〉（《文季》一卷四期）、〈澀果的斑痕〉、〈大都市〉等四篇。

十月八日出獄。

十一月以後，寫雜文〈高雄仍然是文化沙漠〉、〈紋身、虎身〉、〈用字遣詞的準確性〉〈先求選務機關守法再求選舉人守法〉、〈性與佛的沉思〉、〈國片大睏三十年〉、〈勞動『不』準法〉〈若宮清的證言〉、〈聽政見有感〉、〈職業團體選舉〉、〈大家爭吃政府頭路〉、〈候選人知名度的虛實〉。

一九八四年　45歲　至四月底寫雜文〈切勿造成冤獄〉、〈民告官〉、〈搭對了車〉、〈美麗島文學〉、〈創作的泉源〉（《文學界》九期），以及小說〈大都市〉（《文學界》九期）。

五月，《生命的旋律》出書，同時再版〈在室男〉、〈工廠人〉、〈那時與這時〉、〈筆聲的迴響〉（敦理出版社）。〈在室男〉改拍電影，吳念眞編劇，五月中開鏡。

八月四日與李喬應美國台灣文學研究會之邀赴美，在美四十天環遊二十個都市，回台灣後寫〈公園大國〉。

一九八五年　46歲

八月四日，電影「在室男」上片。

元月將〈在室女〉編寫劇本；二月初「在室女」開拍，三月底上片。

四月，將短篇小說〈那時與這時〉改編電影劇本為「人間男女」，十月六日「人間男女」上片。

小說集《在室女》出版（敦理出版社）。

七月一日起〈連雲夢〉在《自立晚報》開始連載。

八月二十六日，應美國愛荷華大學「國際作家寫作計畫」之邀赴美。在該計畫討論會上發表「痛苦煎熬三十年」。在愛荷華三個月，於應邀的三十八個國家的四十二位作家中，挑選三十位對談，撰寫二十五篇，成為《楊直矗與國際作家對話——愛荷華國際作家縱橫談》一書。對談受訪作家的國情、民情、政情、生長過程、人生經驗、寫作抱負等。全書共十五萬言。

十一月初，旅遊美國及加拿大西部，十一月中回愛荷華。十二月初旅遊美國及加拿大東部，在愛德蒙頓作家東方白家住五天。至十二月底，經由夏威夷、東京、香港回台灣。

一九八六年　47歲

一、二月，改編吳錦發的小說〈燕鳴的街道〉為電影劇本。

二、三月，發表〈獨裁已成過去——訪問阿根廷女作家阿琳娜〉（《文學界》十七期）、〈阿奎諾復活——訪菲律賓作家艾加多、莫瑞南〉（《台灣文藝》九十九期）。

四月，為林柏燕《垂淚的海鷗》一書寫序——〈阿Q精神的覺醒〉。

五月，《楊青矗與國際作家對話》出書。

〈在愛荷華看大陸作家〉、〈提高台灣文學的政治層面〉（《台灣文藝》一〇〇期）。

一九八七年　48歲　七月，寫短篇小說〈覆李昂的情書〉以及談話〈第三世界作家啓示錄——楊青矗、向陽對談〉（《台灣文藝》一〇一期）。
元年〈連雲夢〉分兩部出書，第一部《心標》，第二部《連雲夢》（敦理出版社）。
發表小說〈夢裏夢外〉（《台灣文藝》一〇四期）以及評論〈台灣筆會要做什麼〉（《台灣文藝》一〇五期）、〈台灣現象——《一九八六年當代批判文存》後記〉（《台灣文藝》一〇五期）、〈變『結』的故事——《台灣命運中國結》序〉（《台灣文藝》一〇七期）。
出版小說集《覆李昂的情書》（自印）、《給台灣的情書》（初版題名《覆李昂的情書》，敦理出版社）。
與高信疆合編《台灣也瘋狂：一九八六年台灣生活批判》和《台灣命運中國結：政治批判》（敦理出版社）。

一九八八年　49歲　七月，發表論評〈炎陽下的老同事——回首工運二十年〉（二十五日《中國時報》）。
與高信疆合編《走上街頭：一九八七年台灣民運批判》（敦理出版社）。

一九八九年　50歲　發表〈鄉土作家應再展雄風——台灣筆會兩週年感言〉（《台灣文藝》一一六期）。
主編《神話統治四十年：政治批判》及《許信良風暴：許信良的政治活動與理念》（敦理出版社）。

一九九〇年　51歲　長篇小說《女企業家》在高雄自印出版。

國家圖書館出版品預行編目資料

楊青矗集 / 楊青矗作. -- 初版. -- 台北市：
前衛, 1992[民81]
252面；15×21公分. --
(台灣作家全集. 短篇小說卷, 戰後第三代：1)
ISBN 978-957-9512-67-1(精裝)

857.63　　81001518

# 楊青矗集

台灣作家全集・短篇小說卷／戰後第三代(1)

作　　者　楊青矗
編　　者　施　淑
出 版 者　前衛出版社
10468 台北市中山區農安街153號4F之3
Tel: 02-25865708　Fax: 02-25863758
郵撥帳號：05625551
E-mail: a4791@ms15.hinet.net
http://www.avanguard.com.tw
出版總監　林文欽
法律顧問　南國春秋法律事務所 林峰正律師
出版日期　1992年04月初版第1刷
2010年01月初版第5刷
總 經 銷　紅螞蟻圖書有限公司
台北市內湖舊宗路二段121巷28.32號4樓
Tel: 02-27953656　Fax: 02-27954100

Printed in Taiwan　ISBN 978-957-9512-67-1
定　　價　新台幣250元